此致敬礼

见字如面的时代记忆

李韬 编著

创于1897
商务印书馆
The Commercial Press

图书在版编目(CIP)数据

此致敬礼:见字如面的时代记忆/李韬编著.—北京:商务印书馆,2020
ISBN 978-7-100-18343-7

Ⅰ.①此… Ⅱ.①李… Ⅲ.①书信集—中国—当代
Ⅳ.①I267.5

中国版本图书馆CIP数据核字(2020)第057943号

此致敬礼:见字如面的时代记忆
李 韬 编著

商 务 印 书 馆 出 版
(北京王府井大街36号 邮政编码100710)
商 务 印 书 馆 发 行
北京顶佳世纪印刷有限公司印刷
ISBN 978-7-100-18343-7

2020年6月第1版 开本 889×1194 1/16
2020年6月北京第1次印刷 印张 12½
定价:198.00元

序

一纸风雅

荣宏君

李韬君是当代知名的报人、书法家、文化学者，在新闻工作之余，痴心翰墨，耽情尺牍。多年来，他在书法和信札的研究上倾注了不少心血，也取得了令人瞩目的成绩，比如摆在面前的这本新著《此致敬礼》，就是他与众多文化大家的鸿雁锦书。关于李韬君在书法创作上的成就，冯骥才、张海、何家英等艺术大家均有论述，兹不赘言。下面就其书牍收藏研究略作评述。

说到信札，又称尺牍、尺函、尺书、尺翰、尺笺等，在古代，是人们沟通信息和传达亲情、友情的重要手段。至于书信起源于何时，已不可考，不过史料明确记载，早在2000多年前的春秋时代，我国已产生邮政。《孟子·公孙丑上》就记载了一段孔夫子的谈话，子曰："德之流行，速于置邮而传命。"这里所说的"置邮传命"，就是指通过驿站递送传达官方的命令。早期的书信都是写在木牍、竹简和缣帛上，因为材质的问题，极其不易保存，所以传世稀少。1975年，湖北省云梦县睡虎地4号墓出土了两枚木简书信，这是公元前223年秦军士兵黑夫和惊二兄弟写给大哥衷的两封家书，距今已有2200多年的历史了。到了魏晋时期，随着造纸技术的成熟，书写方式产生了巨大革命，纸张使信函的书写和传递都变得轻松起来，这一时期信札作为书法艺术的一个重要表现形式也开始被收藏家所重视。据唐张怀瓘的《二王等书录》记载，梁元帝萧绎应该是中国历史上最早见于著录的书信收藏家，他藏有王羲之、王献之书法墨迹一万五千纸，其中许多墨迹都是二王父子创作的尺牍信翰。可惜的是，公元554年，西魏灭梁，“元皇帝狂悖，焚烧将尽”。在漫长的历史更迭中，许多珍贵的信函都毁于兵燹水火，但庆幸的是，有极少一部分墨迹躲过层层的“绞杀”，侥幸保存下来。比如现存最早的西晋名人书札《平复帖》，就是大文豪陆机所写的一封书信，东晋书圣王羲之的《十七帖》等书法也都是当年的书信遗存。这些尺牍墨迹不仅具有重要的历史文献价值，同时对研究中国书法艺术的发展历程，也具有不可估量的贡献。

尺素虽小，气象万千，须弥芥子，浓缩一函。对于书翰的收藏和研究，代不乏人，已故著名学者郑逸梅先生就是信札收藏鉴赏大家，有关书信的价值，他曾有过详细的论述，窃以为这段话对有志于从事信札研究的人具有重要的参考价值，今移录如下：

> 小小尺牍，可以即小见大，举凡政治经济，以及社会的种种现实情况，直接和间接，不难看到，那么积累起来，便是可珍可贵的史料，甚至官书上有所忌讳不登载的，却在尺牍中找到一鳞半爪，作追探史实的线索。即谈一事一物，似乎无关宏旨，但当时的习俗风尚、物价市面，也可作今昔的对照。且尺牍仅限于彼此二人的交往，不板起面孔说话，有的很风趣，给人以生动新鲜的感觉。还有私人的秘密，当时是不容第三者知道的。况其中有写得很好的书法，颜柳风骨，苏黄精神，很自然地在疏疏朗朗八行笺中表现出来，也有洋洋洒洒叙事说理很充沛透彻的，或寥寥数句，意境超逸，仿佛倪云林画简笔的山水，几是令人神往，在艺术方面自有它一定的价值。

诚如郑逸梅先生所说，传统书信均为手写体，有温度，有真情，实用性和艺术性相统一，是中华传统文化的重要载体。可是随着科技的进步，尤其是通信的日新月异，传统书信逐渐退出了人们的生活，一度陷入十分尴尬的境地。尤其是千禧年之后，关注传统书写的年轻人越来越少。这个现象引起了文化界的担忧，季羡林、任继愈、史树青等学界耆宿均为保护和研究传统书信大声疾呼。记得，2005年6月18日，我陪同恩师史树青先生出席由青年学者张丁主办的“第一届中国传统家书展”。史树青先生以文物考据著称于学界，生前热衷于书信的收藏和研究，他对信札研究在当下的现状非常关心，当谈到相关情况时就奋笔疾书：

> 书信函札俱为史料，其中人物、事件、时间、地点均需清楚，今人应下考证功夫。但人才难得，易多培养方为上策。

题词写于15年前，当时的书信收藏和研究还处于起步阶段，再加上新的通信技术突飞猛进，书信的书写日渐式微，研究人才更是稀缺，先生语重心长，实在担心后继乏人！

近些年来，国家倡导文化自信，传统文化日益受到重视，书信作为中华优秀传统文化的重要组成部分，也越来越受到青年学者们的青睐，许多人相继加入了信札书函收藏与研究的行列。这其中，李韬君既是先行者，也是佼佼者。

2009年，拙作《徐悲鸿与刘海粟》出版，在郑州的新书发布会上，与李韬君一见如故。我的故乡与李韬君仅一河之隔：河之北是我的家乡菏泽，河之南便是古都商丘。商丘是中华文明的发祥地之一，是商部族的起源和聚居地，也是商朝最早的建都地，可谓人杰地灵，名家辈出，李韬君就是在这片沃土滋养之下成长起来的学者型书家。我与李韬君虽然隶属于不同的省份，但家乡距离近在咫尺，风土人情十分相近，所以一见面便有一份似曾相识的亲近感。

李韬君寄情风雅、古道热肠，我只要出差郑州，无论多忙，他总要放下手头的工作，晤谈一番。一次访郑，应邀到他的办公室茶叙，记得兄取出一些信函共赏。与李韬君书信往还的皆是当代文坛耆宿、世纪学人，比如章克标、张中行、王世襄、周汝昌、吴祖光、贾植芳、柯灵、王元化、金性尧、吴小如、罗哲文、黄裳、丁聪等，皆为学界巨擘。这些学者历经风雨磨洗，所留下的片鳞只爪都是对漫漫人生淬炼后而获取的真知灼见，弥足珍贵。

这些短纸长札，都是先生们的亲笔回函，竟有百通之巨。长者有数百言，短者仅寥寥数语，或老辣纷披，酣畅淋漓；或簪花秀笔，娟丽可人。翻读一页页一行行，无论话短话长，皆如闻謦欬，满纸温馨。

我受业师史树青先生的影响，也喜爱收藏文人手札，并在先生的指导下，将一些收藏变成文字，近年来亦有若干拙作出版。每有新书刊行，李韬君必品评一番，且美言有加。其实我内心是十分羡慕他的，为什么呢？因为我的收藏基本上都是前人的手札，而李宅所珍，均为前辈学者给他的亲笔复函，其价值不言而喻。

近年以来，学界前辈凋零殆尽，与李韬君相聚时多感慨年华易逝，岁月无情。一日，李韬君来电，告知要将所藏前辈翰墨结集《此致敬礼》出版，一是怀念与诸老的雅谊，二是希望这批史料公开后，能对有志于此道者有所启迪。史家都重视第一手原始史料，李韬君室藏珍品，但他胸襟开阔，绝不秘不示人，而是准备公之于众，以嘉惠学林。常言“独乐乐不如众乐乐”，得知李韬君的这一决定后，我是发自内心为他点赞。

李韬君，字慕白，号风雅堂。古风霭霭，其心拳拳；慕白心事，大义微言；文脉赓续，风雅千年。书成之初，李韬君浼予为序，近年来虽然对信札研究有所涉猎，但为这样一本大师云集的书信集作序，心中难免惴惴不安！犹豫再三，勉强落笔草成此文，但深知言未尽馨，就愧勉为序吧！

庚子初夏于北京品一草堂竹窗

（荣宏君，《百家讲坛》主讲人，北京城市学院教授，青年文化学者）

目录

章克标

1900 年出生于浙江海宁，原名章恺熙，现代作家。20 岁时官费赴日留学。1926 年在上海与胡愈之、丰子恺、叶圣陶等人共同主编《一般》月刊，同时与滕固、方光焘等人创办我国新文学早期著名社团之一的狮吼社。后成为《申报》“自由谈”专栏的主要撰稿人之一，并与林语堂、邵洵美等人一起创办《论语》杂志。著有《文坛登龙术》《文苑草木》等。2007 年 1 月 23 日在上海去世。

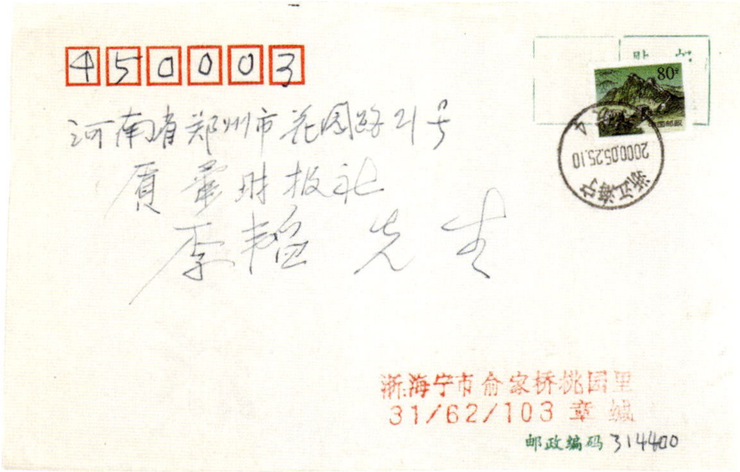

李韬兄：

大札奉悉。

我没去过郑州，当然很想有机会去郑州见见各位友好。从长计议吧。

《饭后随笔》二套寄上，请查收。一套送你，一套送你上司，但我找不到你的上一封信了，无法题签，歉甚。

章克标先生确与我友善，你可去信请他题签，就说你是我的朋友。他一定乐于命笔的。地址如下：

314400 浙江海宁市硖石桃园里 31–62–103 室 章克标先生 收

我家电话：（21）62608581

匆祝

编安！

弟陈子善

4.21

注：章克标题词是托陈子善先生代求。

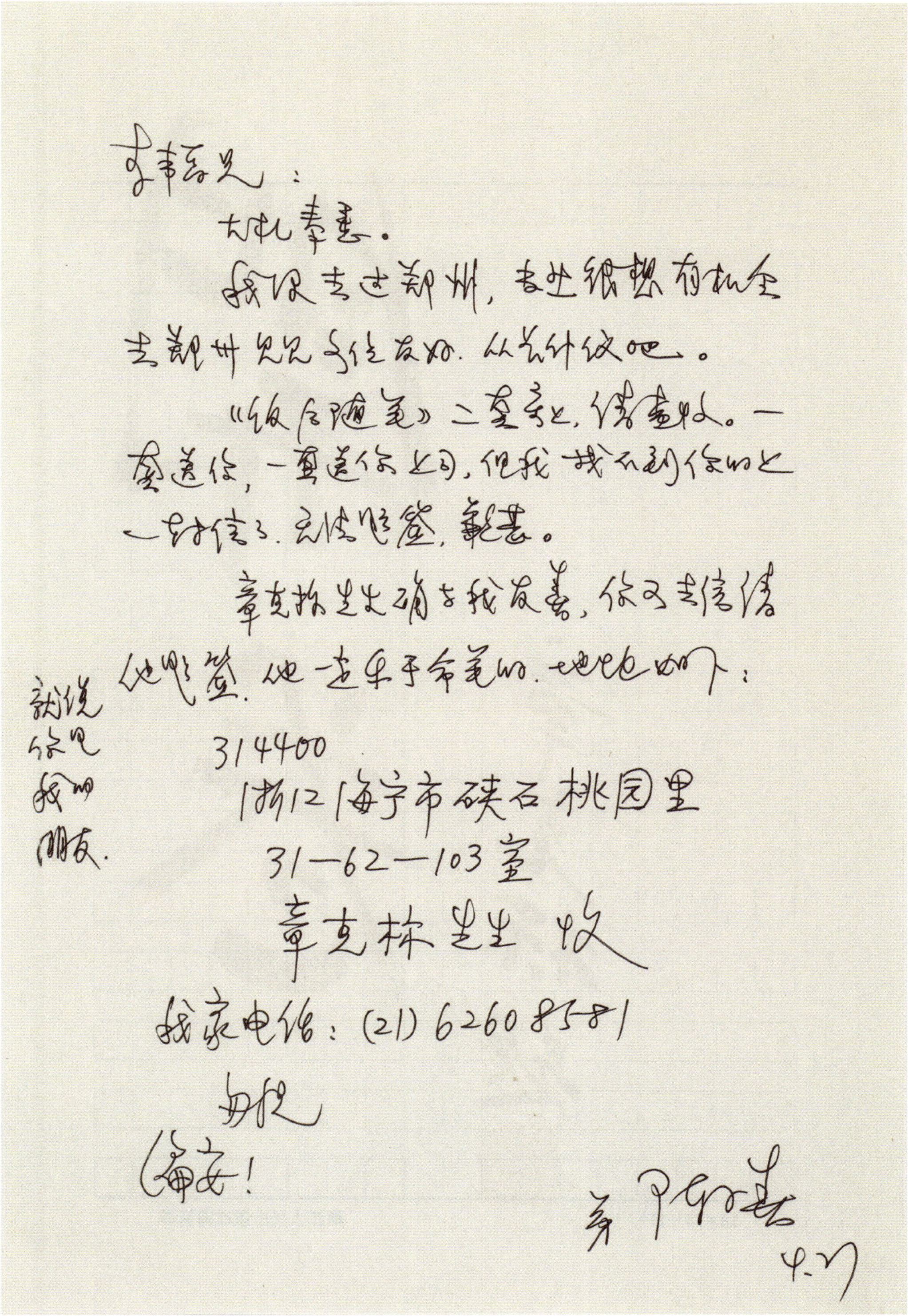

子韦吾兄：

大札奉悉。

我没去过郑州，却也很想有机会去郑州见见各位友好。从长计议吧。

《饭后随笔》二套寄上，请查收。一套送你，一套送你上司，但我找不到你的上一封信了，只得照签，乞谅。

章克标先生确要我的书，你可去信请他照签。他一定乐于命笔的。地址如下：

314400

浙江海宁市硖石桃园里

31—62—103室

章克标先生收

我家电话：(21) 6260 8581

即颂

俪安！

弟 邵绡红

4.27

就说你是我的朋友。

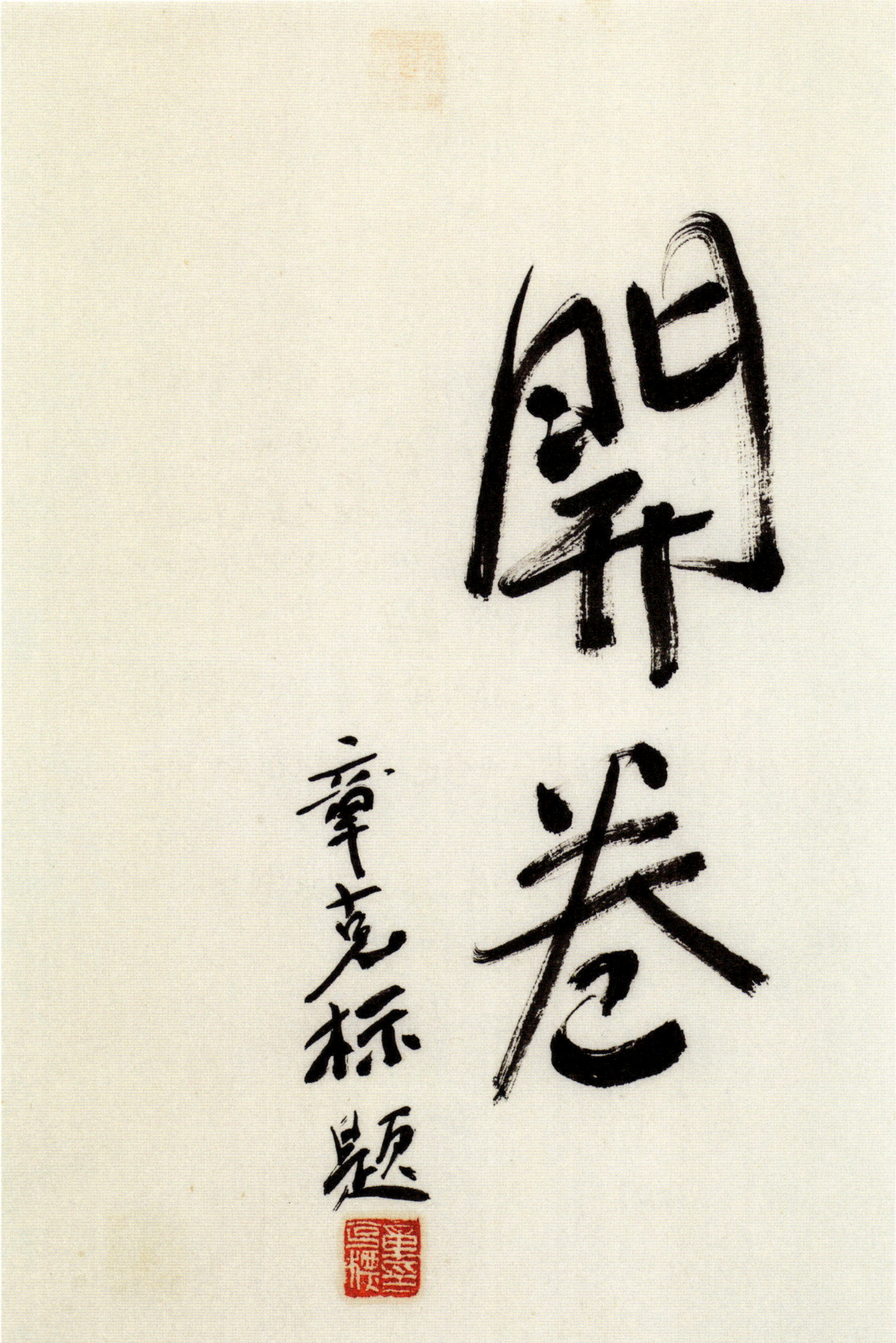
開卷
章克标题

张中行

1909 年出生于河北省香河县（今属天津市武清区河北屯镇），原名张璇，学名张璿。著名学者、哲学家、散文家。主要从事语文、古典文学和思想史的研究。曾参加编写《汉语课本》《古代散文选》等；编著有《文言常识》《文言津逮》《佛教与中国文学》《负暄琐话》等。20 世纪末未名湖畔三雅士之一，与季羡林、金克木合称“燕园三老”。2006 年 2 月 24 日在北京去世。

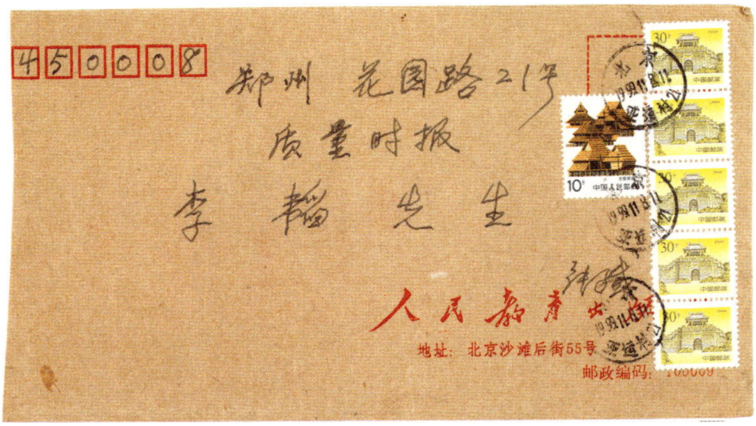

李韬先生：

大札及样报拜收。遵属（嘱）写刊头，寄上，请审正。匆匆。颂

编安。

张中行拜

1999. 8. 11

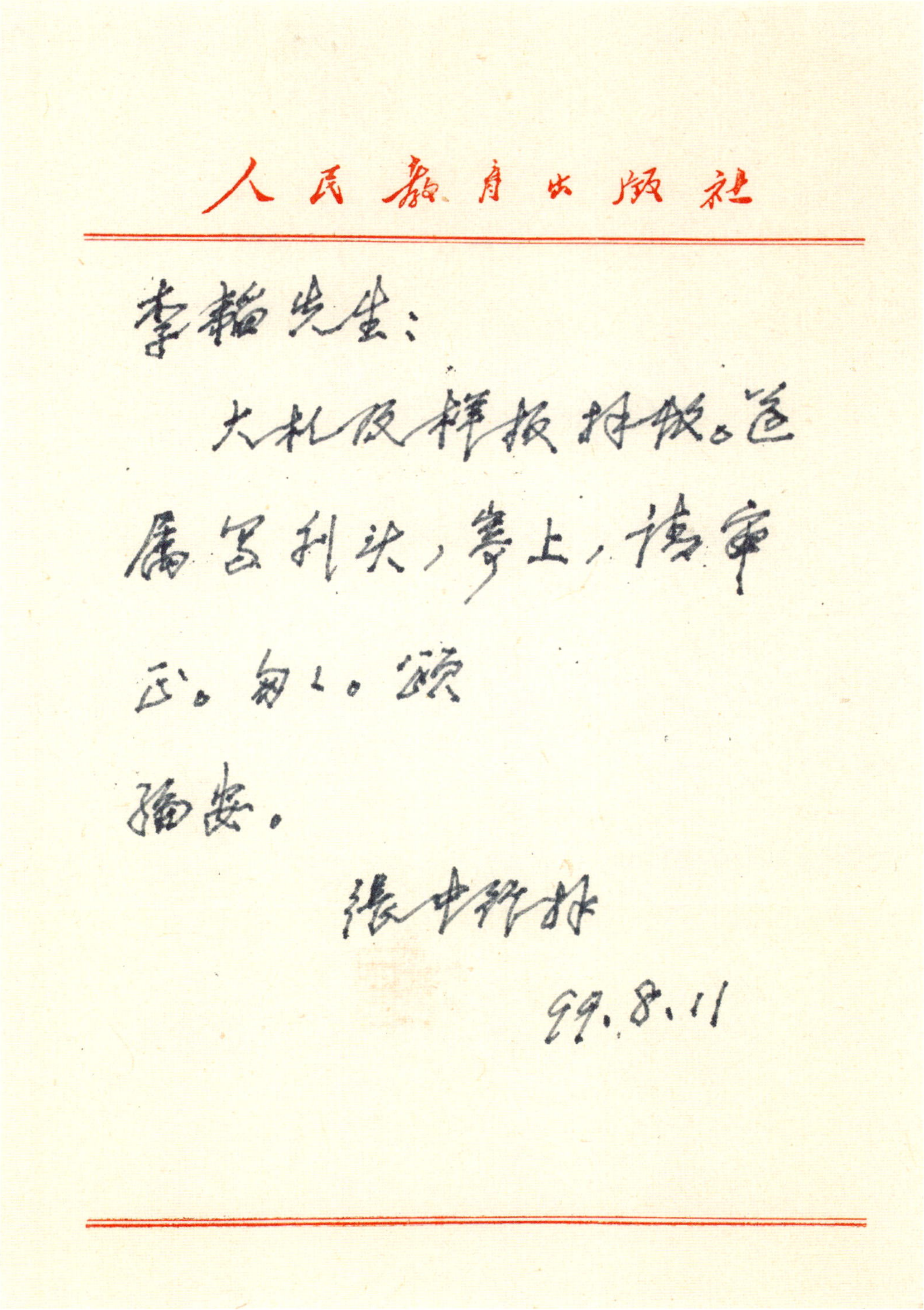
人民教育出版社

李韬先生：

大札及样报拜领。迳属写刊头，奉上，请审正。匆匆。顺颂

撰安。

張中行拜

99.8.11

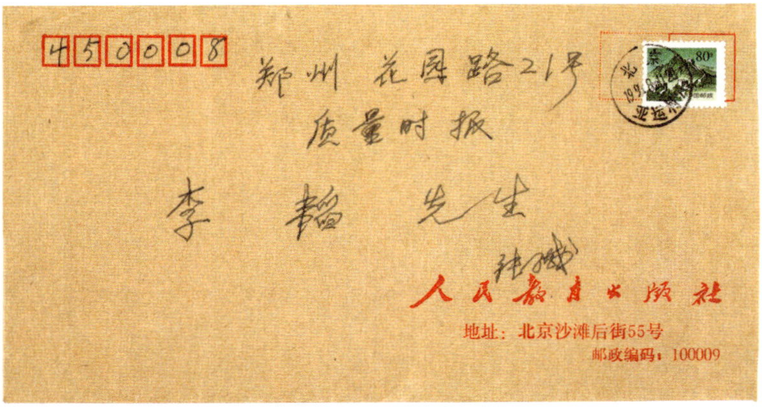

李韬先生：

大札及法书、贵报均拜收，谢谢。承属（嘱）写文，日来少写，无合适者。去岁一篇，曾刊于一小报（很少人看到），寄上，看可用否，性质似相合也。匆匆，颂编安。

张中行拜

1999. 11. 7

李輝先生：

大札及赠书、贵报均拜收，谢谢。承属写文，日来少写，无合适者。去岁一篇，曾刊于一小报（绝少人看到），奉上，看可用否，性质似相合也。匆匆，敬颂撰安。

張中行 拜

95.11.7

稿纸　　页　（20×15=300）

开卷
張中行題

柯灵

1909 年出生于广州，原名高季琳，笔名朱梵、宋约。曾任《文汇报》副社长兼副总编、上海电影剧本创作所所长，上海电影艺术研究所所长、《大众电影》主编、上海作协书记处书记、上海影协常务副主席等职。中华人民共和国成立后主要从事电影文学剧本的创作。出版过多部儿童诗集、随笔集、杂文集、小说集、电影文学剧本集。2000 年 6 月 19 日在上海去世。

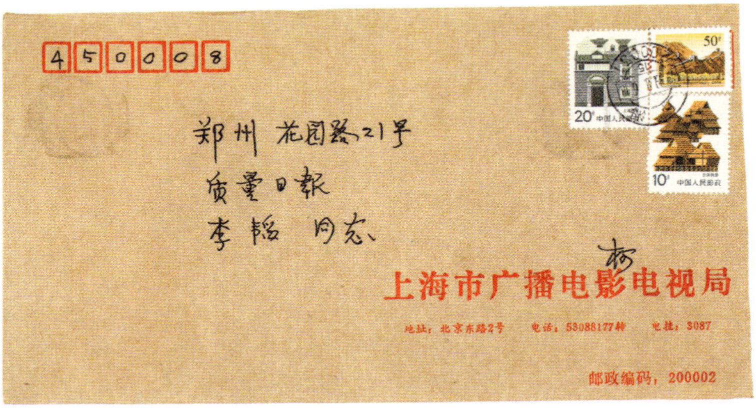

李韬同志：

遵奉题签，请收。顺叩

文安

柯灵

8.1

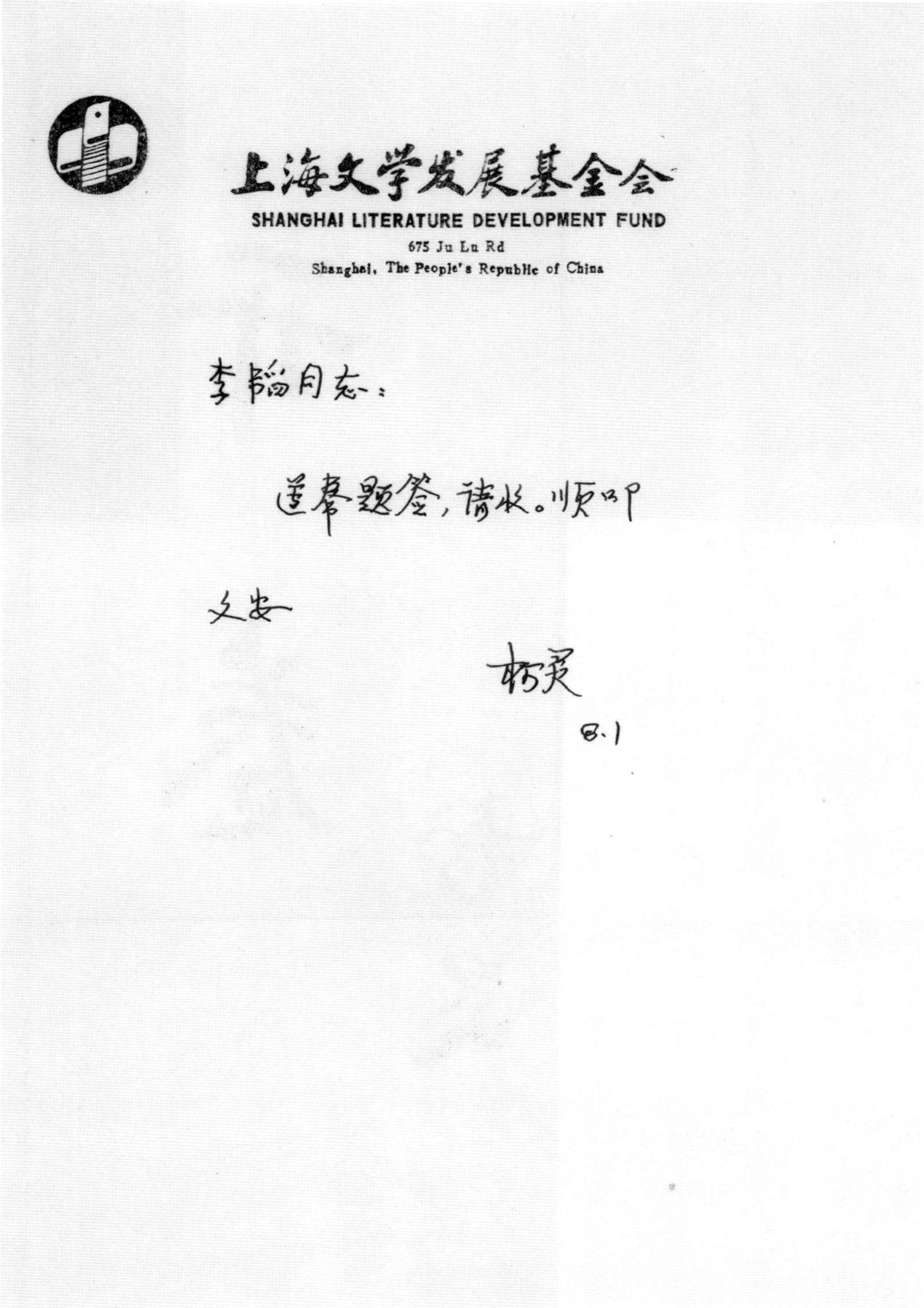

上海文学发展基金会

SHANGHAI LITERATURE DEVELOPMENT FUND

675 Ju Lu Rd

Shanghai, The People's Republic of China

李韬同志：

送奉题签，请收。顺问

文安

柯灵

8.1

开卷

王世襄

1914年出生于北京，字畅安。著名文物专家、学者、文物鉴赏家、收藏家。2003年12月3日获荷兰克劳斯亲王最高荣誉奖，成为获得该荣誉的第一位中国人。著作主要有《竹刻艺术》、《竹刻鉴赏》、《髹饰录解说》、《明式家具珍赏》（并有英、法、德文本）、《中国古代漆器》（并有英文本）。2009年11月28日在北京去世。

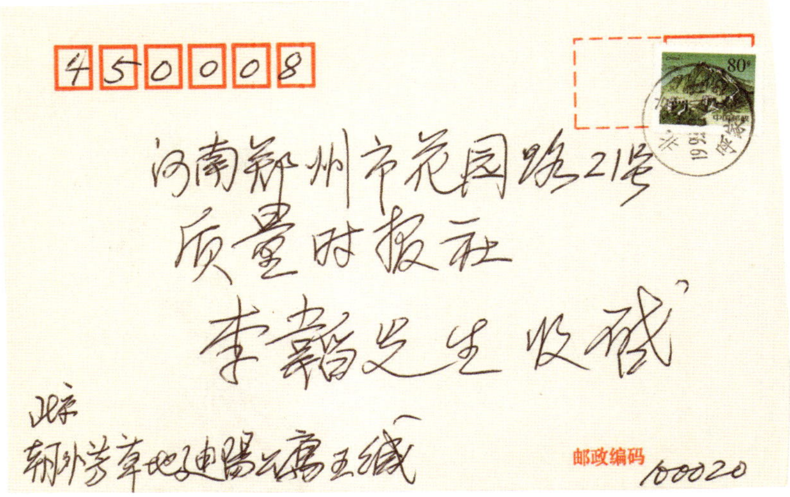
450008
河南郑州市花园路21号
质量时报社
邮政编码

開卷
世襄

贾植芳

1915年出生于山西襄汾，著名作家、翻译家、学者，“七月派”重要作家，比较文学学科奠基人之一。早年主要从事文艺创作和翻译，曾任《时事新报》、文艺周刊《青光》主编。1949年后，历任震旦大学中文系主任、复旦大学教授、图书馆馆长等。代表作有《近代中国经济社会》《贾植芳小说选》等。2008年4月24日在上海去世。

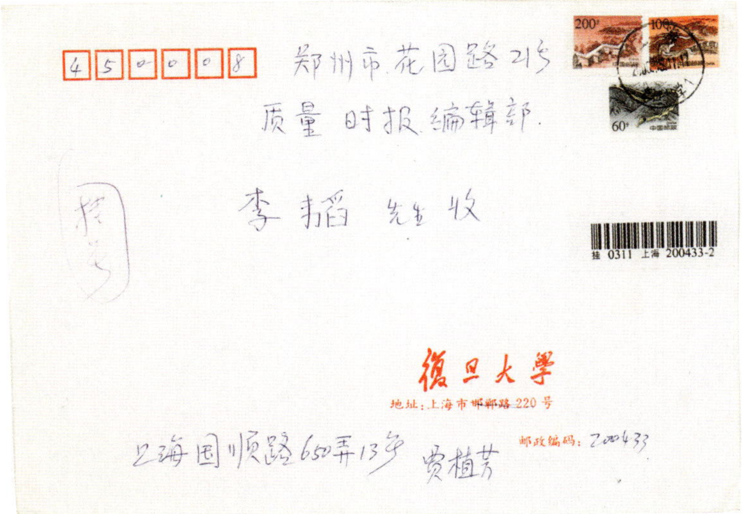

李韬先生：

大札拜读，谢谢您的热情与厚爱，并遵嘱奉上我为贵刊《开卷》的题签。让您见笑了，我已是一个85岁的老朽，对书法本无修养，盛情难却，那就献丑了，请你们审阅，若不合用，弃之可也。

收到您的信，我忽然想到，我有一部书稿，书名《写给学生》，有我的朋友李辉介绍到郑州大学出版社出版，该书小样我已校正后挂号寄出，该书责任编辑为靳路遥先生，与我素昧平生，为此，请您就近打听一下，该书出版情况，靳先生信上说，估计本月上旬可出版，不知情况如何，请就近打听后见告为荷。

贵报付（副）刊，即您主持的《开卷》版，内容活泼，性格开放，尤其报导（道）新书出版讯息与新书介绍引人注目，我很喜欢这样的编辑风格，希望以后能经常读到它，可开阔我的文化视野，增加我的新知新见，以便跟上时代，与历史同步。

现附信寄上我的名片一张，其上有我家的住址与电话，以此次通讯为契机，大家交个朋友吧！

匆复。

祝编安！

贾植芳

2000. 3. 7 上海

FUDAN
UNIVERSITY

復旦大學　1

李辉先生：

来札拜悉，附寄给的书情意厚重。兹寄奉拙出《[illegible]》书稿，乞您见教，此是一个[illegible]，[illegible]学术价值，[illegible]，请您[illegible]，亦不合用，[illegible]可也。

[illegible]信，我[illegible]，

FUDAN
UNIVERSITY

復旦大學

2

我有一部书稿，书名叫

《经学史》，由我的朋友李

璋介绍给剑桥大学出

版社出版，该书下半年

已校对完，现在要由出

该书是纪念著辑的新

经学史论文分年考辑平生

论，请您就近打听一下

该书出版情况。因张先生信

上说，书于本年月上旬向可由出

FUDAN
UNIVERSITY

復旦大學　3

啟，不知情况为何。借
我近年所写文字，自省，
为提供材料，希您主持
为《周易》的内容结构，
也将用处，尤其将手稿
未出版的视为新书来看
经过引人注目，我很喜欢
这样的偏重风格，未能以
在后经常论以文，了解
周代的文化的积累，增加

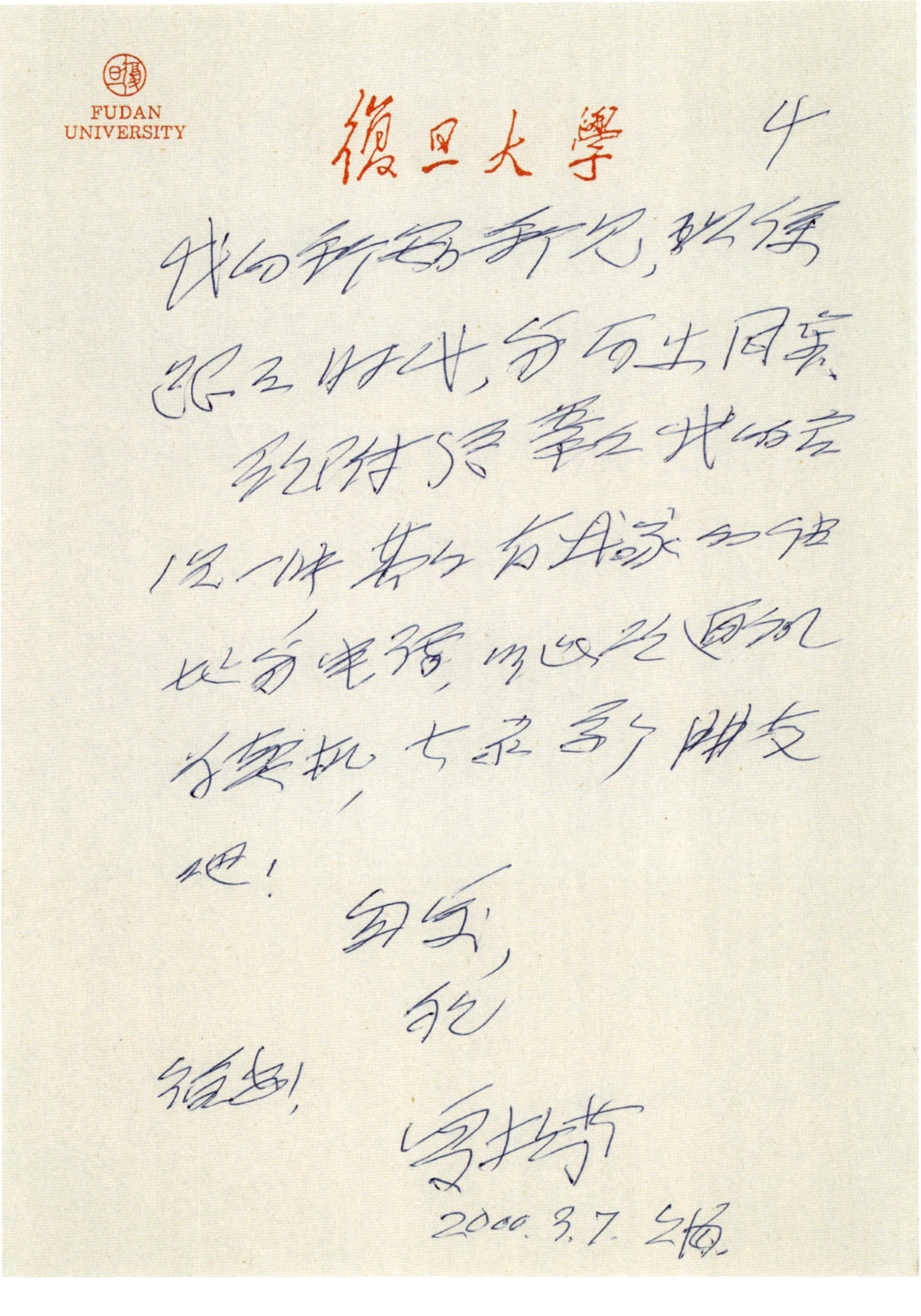

FUDAN UNIVERSITY

復旦大學

4

我的新书手稿，拟请照三联此书分两出同意。至附件等之我的意见另一件表格，有我家的地址、电话，以及通讯传真机，也请另附交吧！

匆此，

祝

编安！

章培恒

2000.3.7.上海

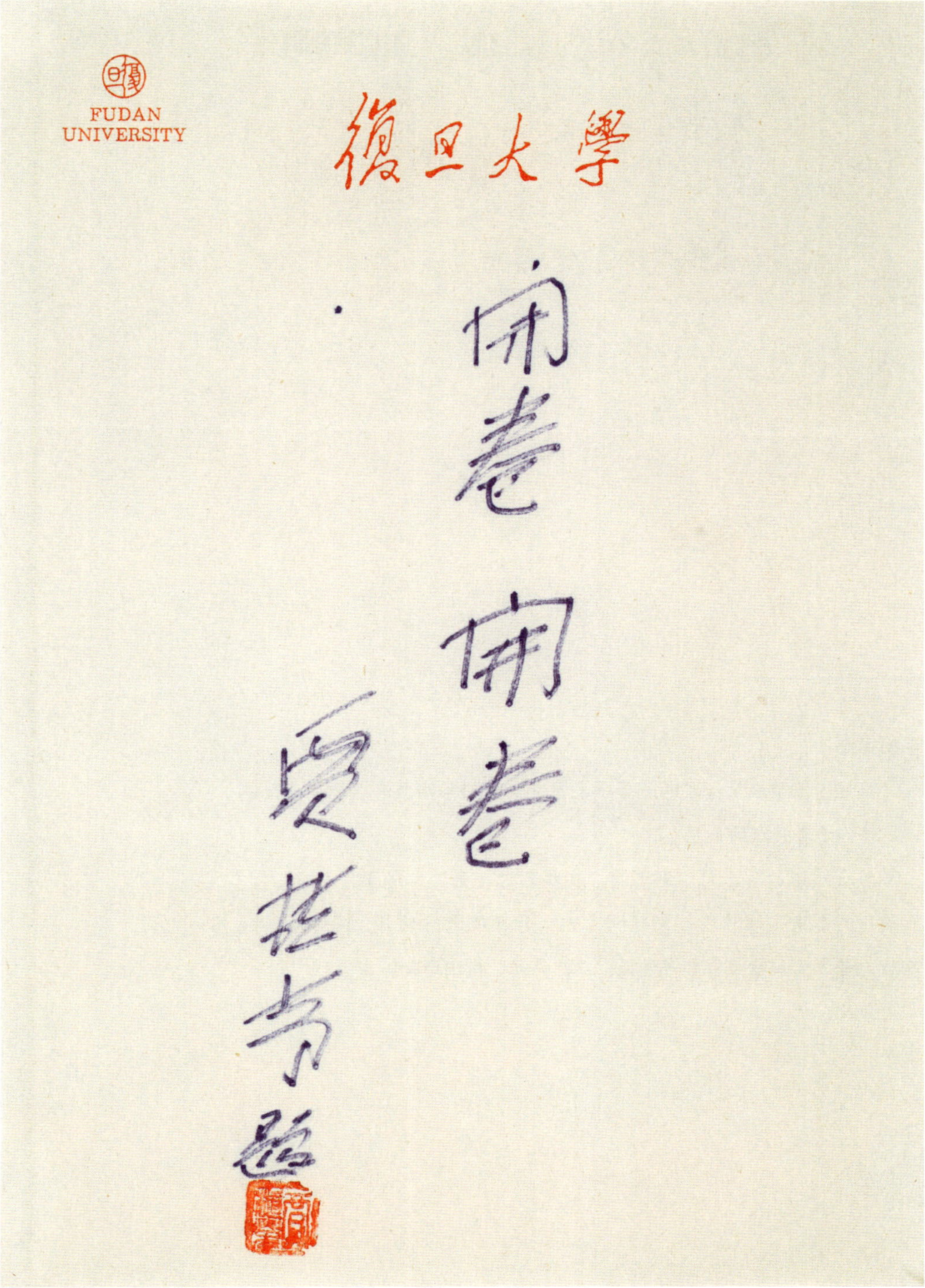
FUDAN
UNIVERSITY

復旦大學

開卷 開卷

苏步青题

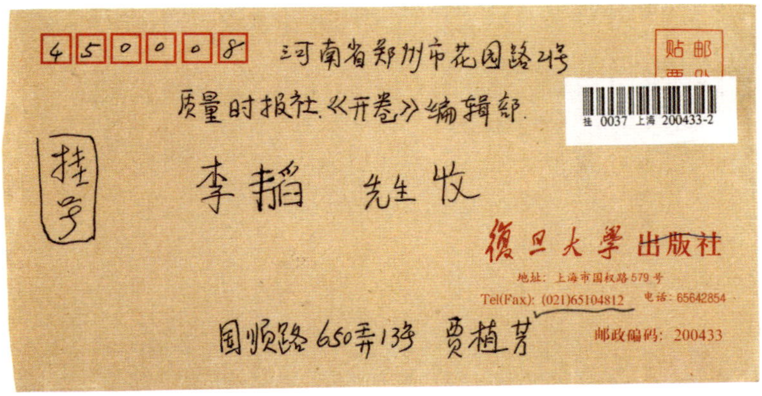

李韬同志：

您好！现遵嘱呈上我的一篇小文章，请你们审阅，应当符合贵刊体例，请你于贵刊版面选用。

约我题字的贵报付（副）刊，我收到过一张（本年4月11日），阅读所刊各文，深为贵刊的现代意识，开放观念所吸引，深为敬佩！以后，若方便，希常常惠寄贵报，以广见闻，增进新知，当感！

匆此，祝

编安！

贾植芳

2000. 5. 12

復旦大學
FUDAN UNIVERSITY
SHANGHAI 200433
PEOPLE S REPUBLIC OF CHINA

李馥同志：

您好，现寄上打印出的一篇小文章，请您审阅，可否在商务印书馆出版的[illegible]刊物采用。

[illegible]，我没[illegible]十月间[illegible]，[illegible]

復旦大學
FUDAN UNIVERSITY
SHANGHAI 200433
PEOPLE'S REPUBLIC OF CHINA

[illegible]

[illegible]！

[illegible]

[illegible]！

[illegible]

[illegible].5.12.

丁聪

1916年出生于上海，笔名小丁。中国著名漫画家，舞台美术家，擅长漫画、插图。自幼受家庭影响，在上海清心中学读书时就开始发表漫画。历任《人民画报》副总编辑、全国青联常委、全国政协委员，《装饰》杂志主编等。主要作品有《阿Q正传插图》《四世同堂插图》《丁聪漫画选》。2009年5月26日在北京去世。

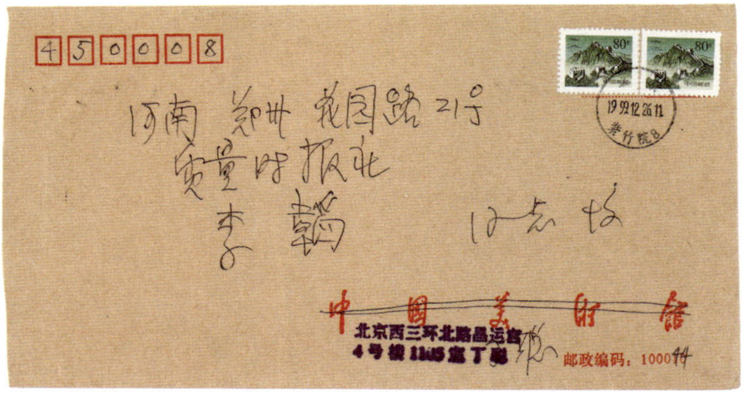

李韬同志：

报纸都已收到，谢谢。

丁聪现在年事已高，索要稿件单位太多，故已无法应新约稿要求，如要刊登旧稿，可从书中任选。

1. 北京三联书店《丁聪漫画系列》“讽刺画”（1—4 集）、“古趣图”（1—2 集）、“成语故事”。
2. 与陈四益合作《双百喻》湖南文艺出版社。
3. （与陈四益合作）《呆是不呆》（新百喻解）陕西师范大学出版社。
4. 与池北偶合作《冷眼热肠》天津百花文艺出版社。
5. 与流沙河合作尚未出成书，如要可寄零稿。

特复。祝

编安

老伴沈峻代复

1999. 12. 9

李辉同志：

报纸都已收到，谢谢。

丁聪现在年事已高，索画稿件单位太多，都已无法应付约稿要求，如要刊登旧稿，可从书中任选。

1. 北京三联书店《丁聪漫画系列》
"讽刺集"（1—4集）、"古趣图"（1—2集）
"成语故事"
2. 与陈四益合作《双百喻》四川文艺出版社
3. 〃 《呆呆不呆》（新百喻解）陕西师范大学出版社
4. 与池北偶合作《冷眼热肠》天津百花文艺出版社
5. 与流沙河合作尚未出书，如要可寄画稿。

特复 即祝

编安

老伴沈峻代复

99.12.9.

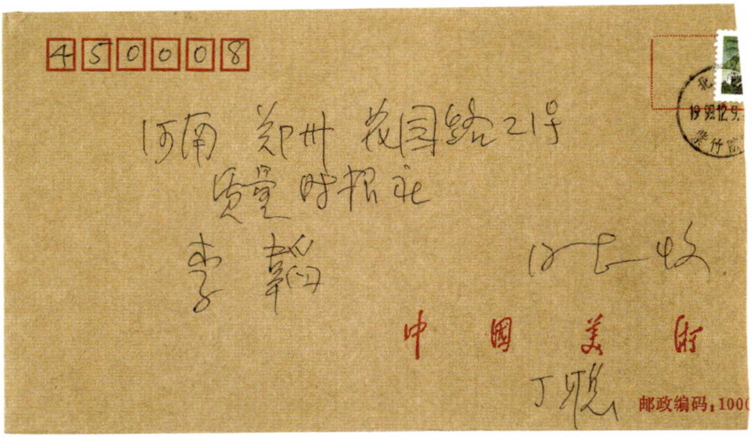

李韬同志：

样报收到，谢谢。

以后流沙河的稿费及样报请直接寄他，不必由我们转。他的地址为：

四川成都红星路省文联

邮编：610016

祝

编安

沈峻（丁聪老伴）

2000. 2. 28

李耀晖：

样报收到，谢谢。

川西流沙河的稿费及样报请直接寄他，不必由我们转。

他的地址为：

四川 成都 红星路省文联

邮编：610016

祝

编安

何峻（听蝉）

2000.2.28.

开卷
丁聪

金性尧

1916年出生于浙江定海，别号星屋，笔名文载道。当代古典文学家，资深出版人。主编《鲁迅风》《萧萧》《文史》，并出版《星屋小文》《风土小记》《文抄》。1949年后，曾任中华书局上海编辑所第二编辑室副主任。1988年，又为香港中华书局主编诗词坊丛书。代表作有《闲坐说诗经》《夜阑话韩柳》等。2007年7月15日去世。

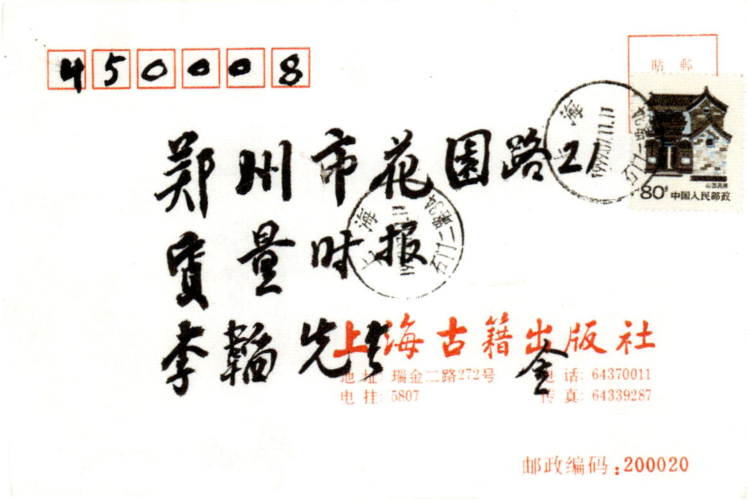

李韬先生：

手教及赠报都已收到，甚感厚谊。唯近日梅雨多病，一时未能报命，少过时日，当一试以奉，尚祈鉴恕。顺颂

夏祺

金性尧

6.20

上海北京西路1110弄17号

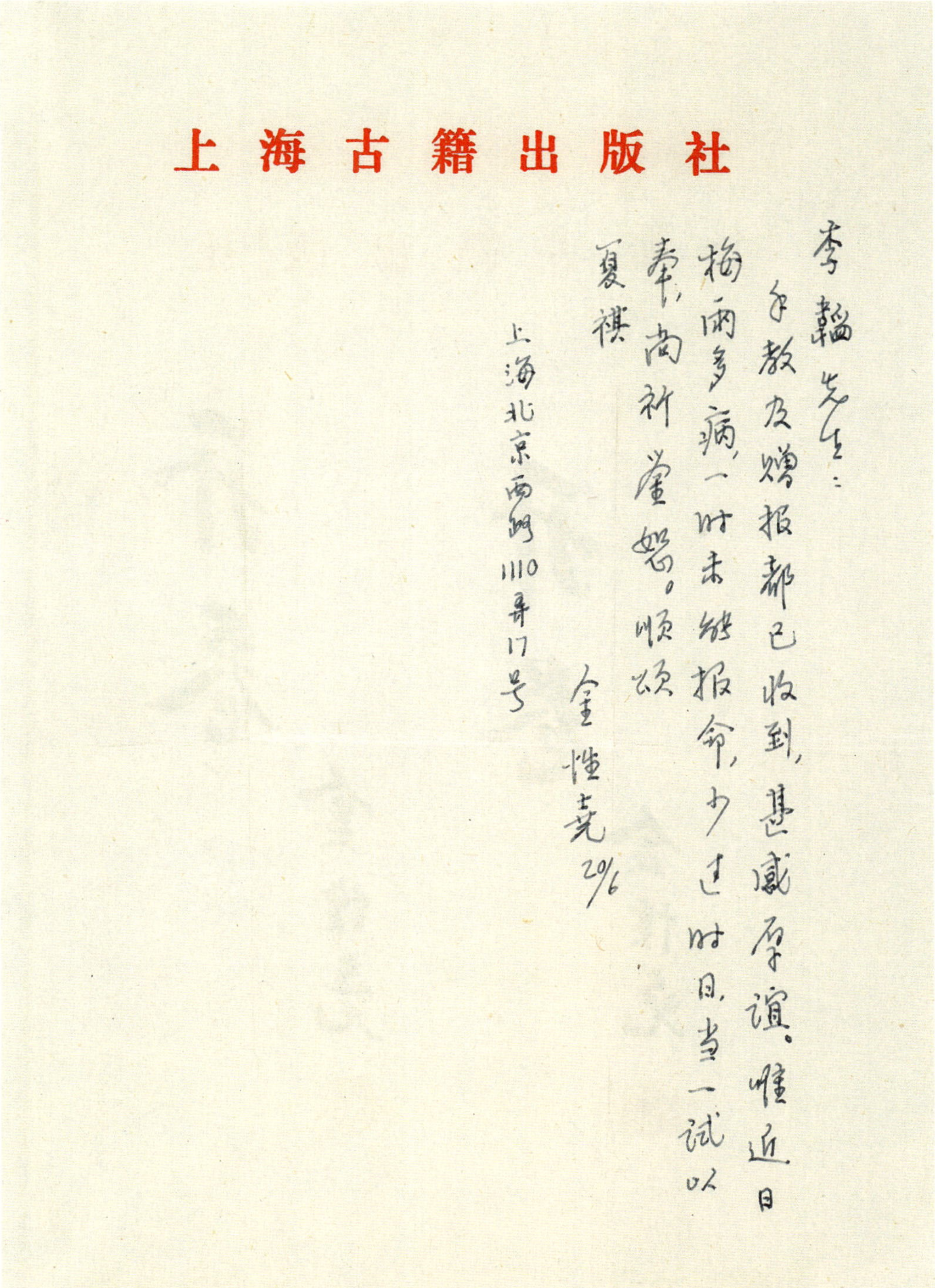

上海古籍出版社

李韞先生：

手教及赠报都已收到，甚感厚谊。惟近日梅雨多病，一时未能报命，少迟时日当一试以奉，尚祈鉴谅。顺颂

夏祺

金性尧 20/6

上海北京西路1110弄17号

上海古籍出版社
开卷
金性尧
开卷
金性尧

吴祖光

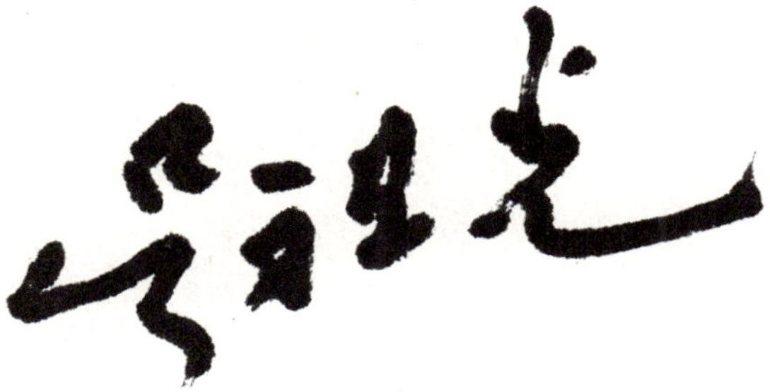

1917 年出生于北京，著名学者、戏剧家、书法家、社会活动家。主要代表作有话剧《凤凰城》《正气歌》《风雪夜归人》《闯江湖》，评剧《花为媒》，京剧《三打陶三春》，导演的电影有《梅兰芳的舞台艺术》《程砚秋的舞台艺术》，并有《吴祖光选集》六卷本行世。2003 年 4 月 9 日在北京去世。

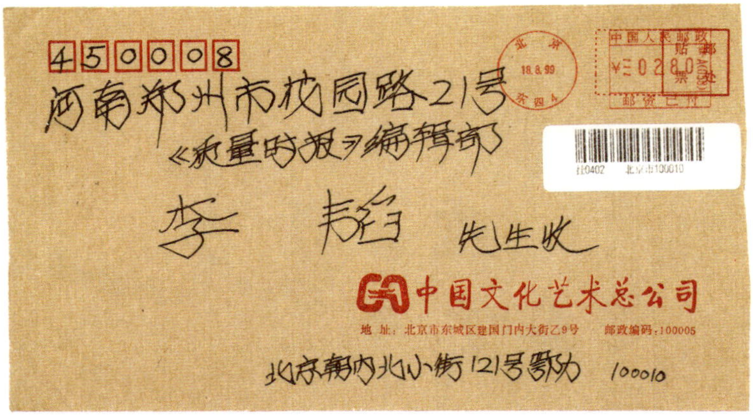

李韬兄：

你好！

寄上吴祖光先生题字，刊用后，请将样报及稿酬（从优）寄我，由我转交，吴老已好久没写字了，以后会很少写，故这两字很难得！

《传记文学》上见兄写梁晓声大文，很好。

以后若有合适的机会，我再请其它（他）老先生题字。

即颂

秋祺！

鄂力

8. 17

注：吴祖光题字由我的好朋友、著名篆刻家鄂力先生代求。

年　月　日　　　第　页

李辉兄：

你好！

寄上吴祖光先生题字，刊用后，请将样报及稿酬（代）寄我，由我转交，吴老已好久没写字了，以后会很少写，故这两字很难得！

《传记文学》上见兄写梁晓声大文，很好。

以后若有合适的机会，我再请其它老先生题字。

即颂

秋祺！

鄂力

8.17.

装　订　线

北京市电车公司印刷厂出品　九八·十一

(9070)

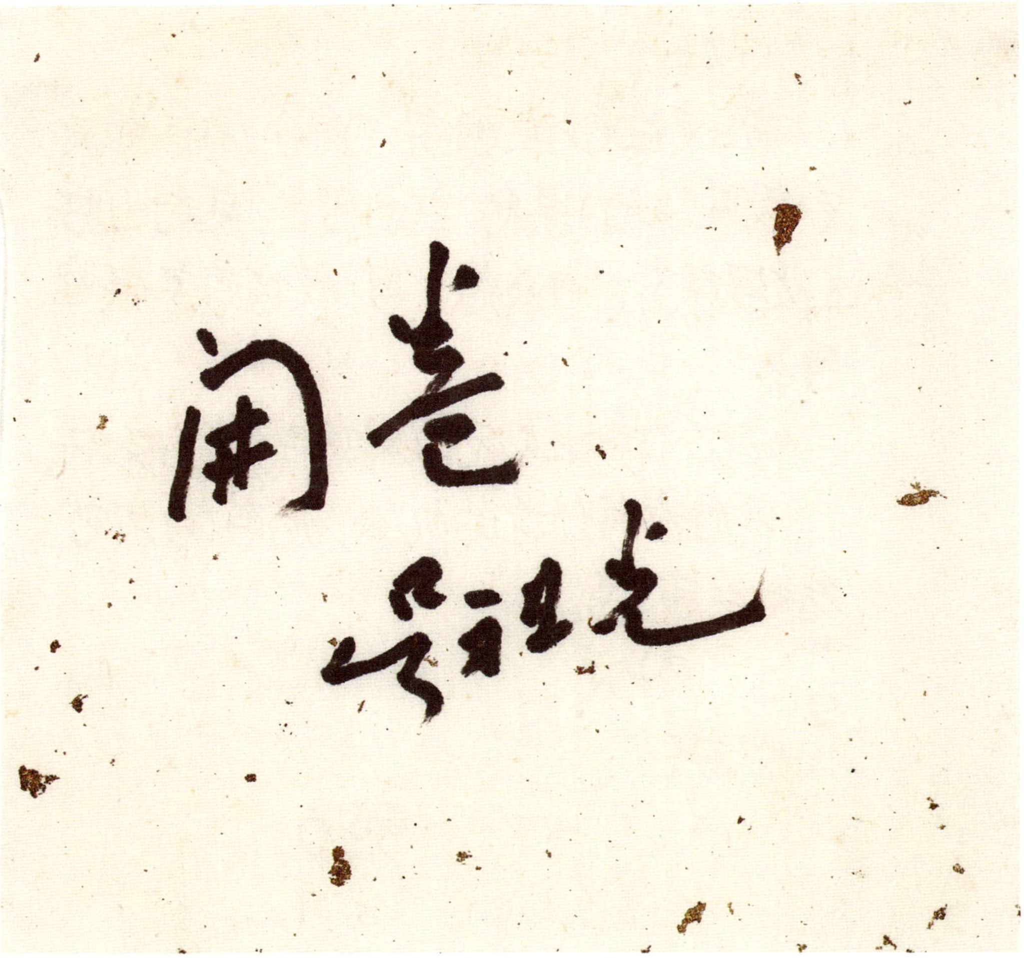
開卷
吳祖光

周汝昌

1918年出生于天津，字禹言，号敏庵，后改字玉言，别署解味道人，曾用笔名念述、苍禹、雪羲、顾研、玉工、石武、玉青、师言、茶客等。中国红学家、古典文学研究家、诗人、书法家。被誉为当代“红学泰斗”，其红学代表作《红楼梦新证》是红学史上一部具有开创和划时代意义的重要著作，奠定了现当代红学研究的坚实基础。在诗词、书法等领域贡献突出，曾编订撰写了多部专著。2012年5月31日在北京去世。

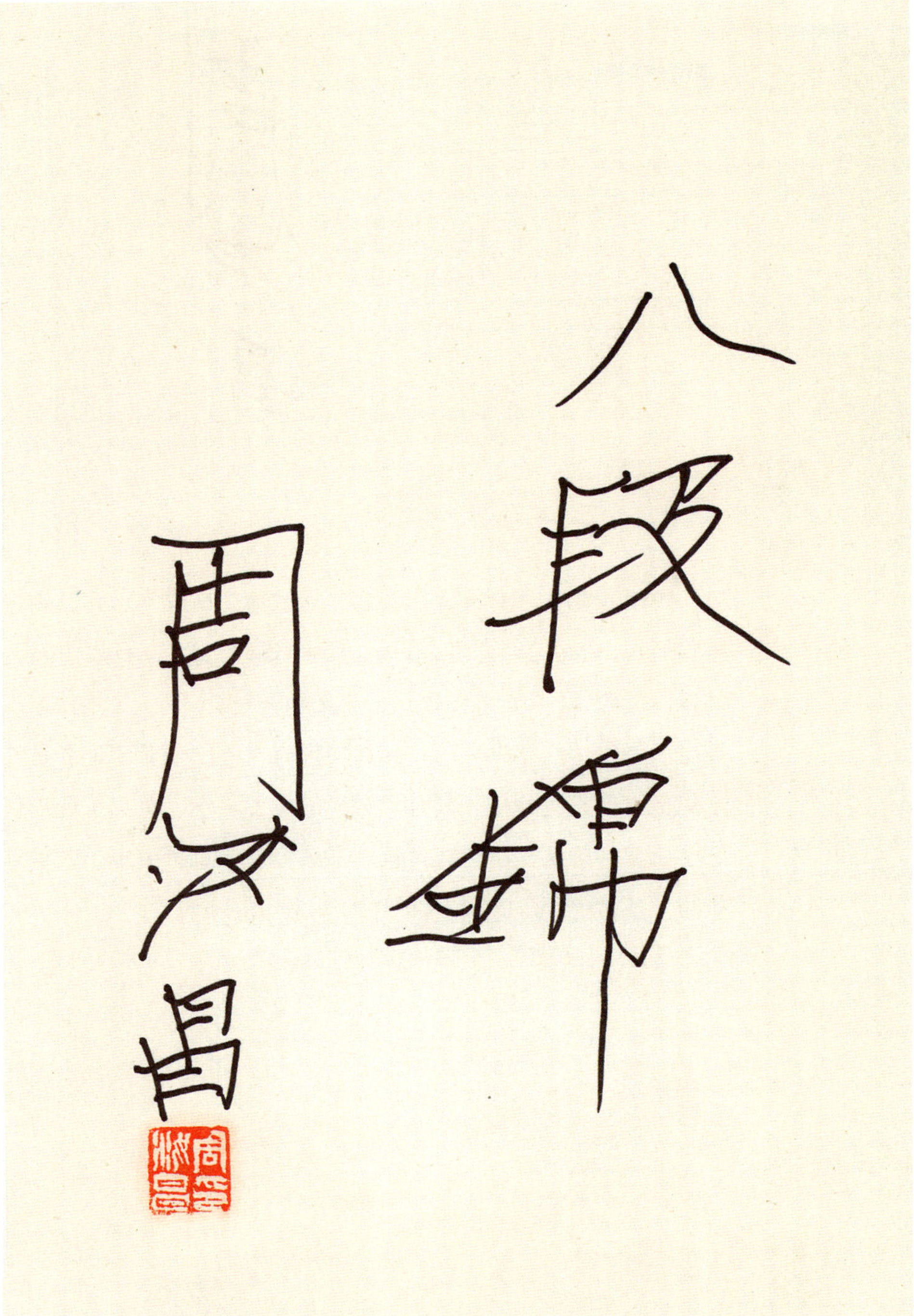

注：题字八段锦，通过周汝昌女儿周伦玲女史索题

方成

1918年出生于北京，原名孙顺潮，杂文笔名张化。漫画家、杂文家、幽默理论的研究专家，与丁聪和华君武一道被称为中国漫画界的三老。作品有《方成漫画选》《幽默·讽刺·漫画》《滑稽与幽默》《方成连环漫画集》《笑的艺术》《报刊漫画》《漫画艺术欣赏》《方成谈漫画艺术》等。2018年8月22日在北京去世。

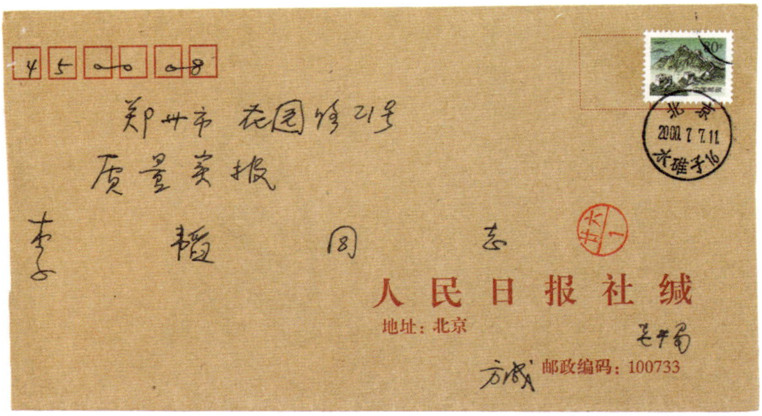

李韬同志：

很抱歉，因多次外出，迟复了。遵嘱写的字，因没练过书法，写得不好，倘觉尚可，请从中选用。如不行，作罢可也。

敬礼

方成

1999. 7. 13

字早写成，因失通信处，无法付邮。近日收到贵报，见报上大名，才知。已逾一年矣。

2000. 7. 6

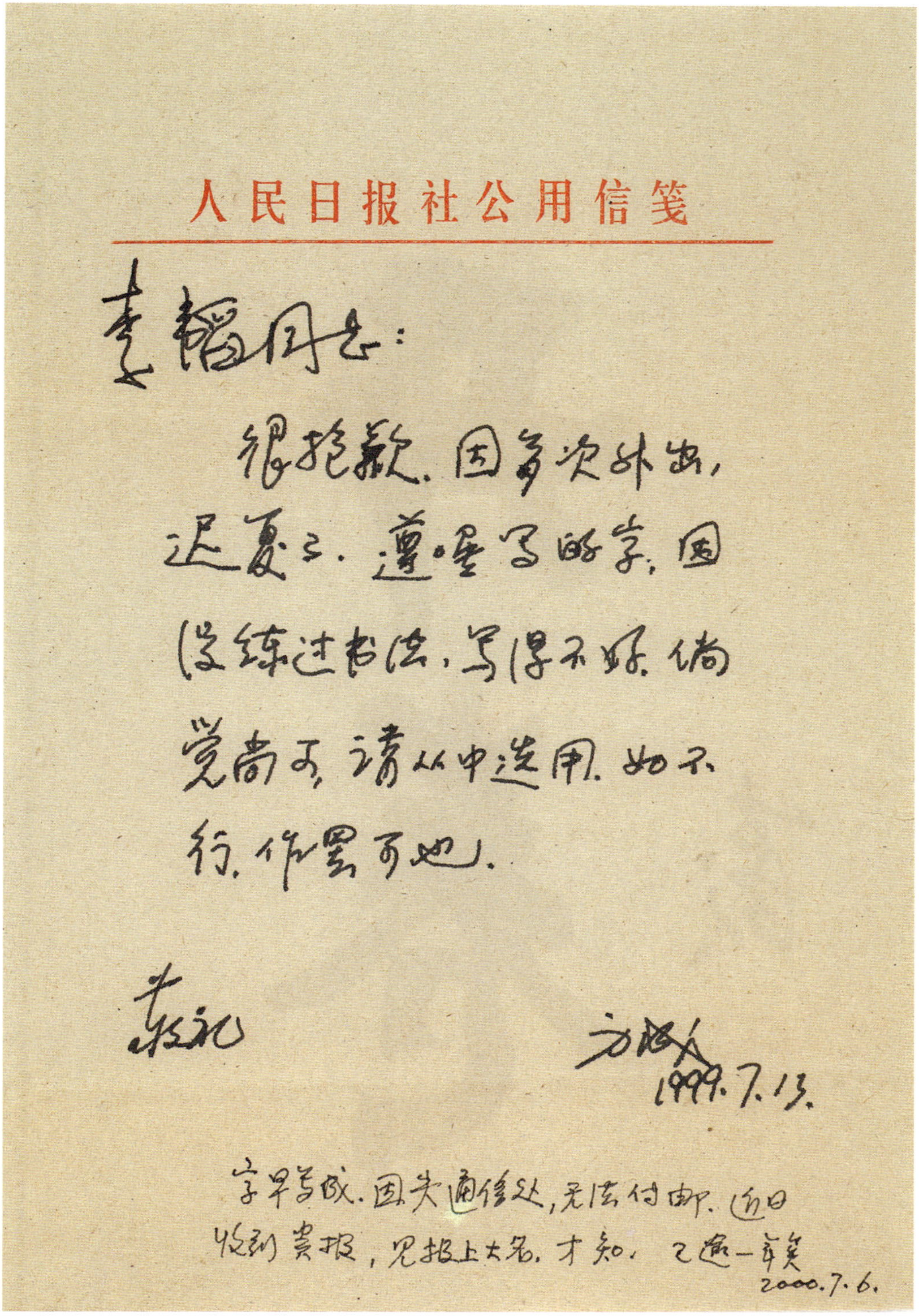
人民日报社公用信笺

李韬同志：

很抱歉，因多次外出，迟复之。遵嘱写的字，因没练过书法，写得不好，倘觉尚可，请从中选用，如不行，作罢可也。

敬礼

方成
1999.7.13.

字早写成，因失通信处，无法付邮。近日收到贵报，见报上大名，才知。已逾一年矣
2000.7.6.

开卷
方成

黄裳

1919 年出生，原名容鼎昌，笔名黄裳、勉仲、赵会仪。当代散文家、高级记者。在戏剧、新闻、出版领域均有建树，与梅兰芳、盖叫天、巴金、吴晗等文化名人相交甚笃。作品有《锦帆集》《锦帆集外》《珠还记幸》《榆下说书》《来燕榭读书记》《来燕榭书跋》等近百种。2012 年 9 月 5 日在上海去世。

钱谷融

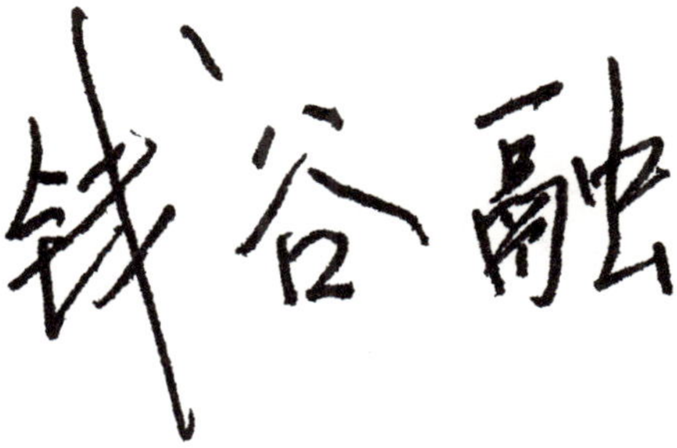

1919年出生，原名钱国荣，江苏武进（今常州武进区）人。现当代文艺理论家，长期从事文学理论和中国现代文学的研究与教学。曾任华东师范大学教授、文学研究所所长、《文艺理论研究》主编、中国现代文学研究会副会长。著有《论“文学是人学”》《文学的魅力》《散淡人生》《〈雷雨〉人物谈》等。2017年9月28日在上海去世。

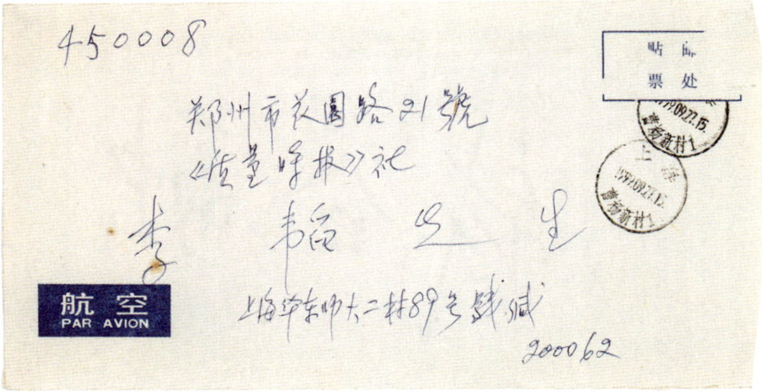

李韬先生：

我昨日下午刚从美国探亲回来，离家三月，案头积信盈尺，诸事待理，忙乱不堪，承嘱为贵刊题“开卷”二字，我的字较难看，但仍遵命写出，以酬雅意，祈勿哂是幸。

匆此，即请

大安

钱谷融

9月27日

華東師範大學

孝翰先生：

我昨日下午刚从美国探亲回来，离家三月，案头积信盈尺，诸事待理，忙乱不堪。承嘱为贵刊题"开卷"二字，我的字极难看，但仍遵命写出，以酬雅意，祈勿哂笑为幸。

匆此，即请

大安

钱谷融

9月27日

装订线

19　年　月　日　　　　第　页共　页

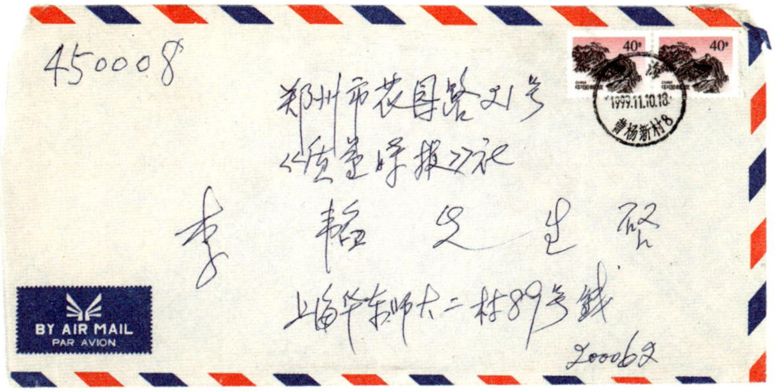

李韬先生：

《质量时报》收到，并承惠赐墨宝，不胜感荷。我素性懒散，很少写文章。承蒙不弃，向我索稿，并说旧作也可以，现寄上去年应《人民日报》海外版编者之嘱而写的一篇文章的底稿（原文已发去年该报）。草率不恭之处，请多谅恕。如不能用，弃之可也。耑复，敬请

大安

钱谷融

11 月 10 日

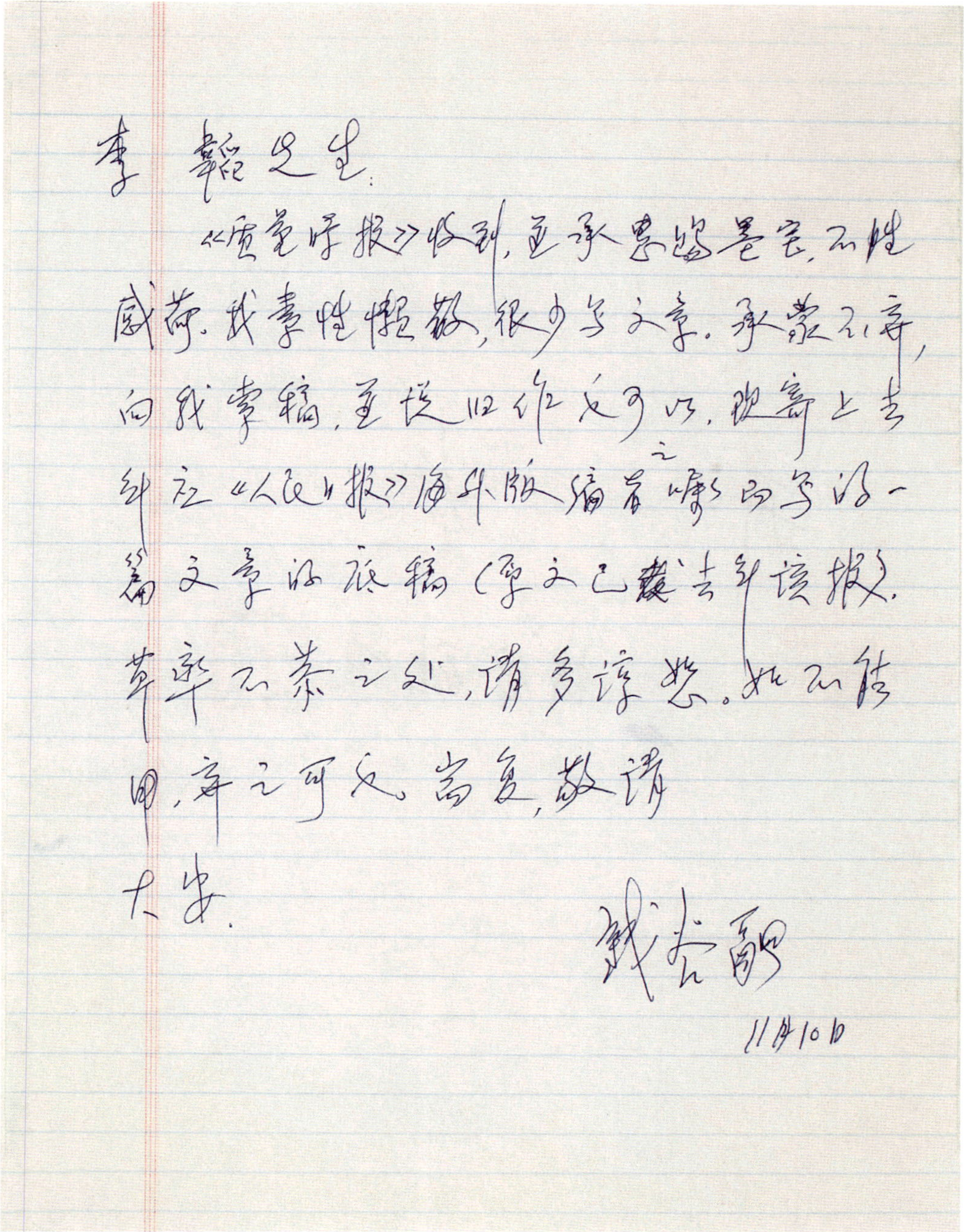

李辂先生：

《质量时报》收到，并承惠赠墨宝，不胜感荷。我素性懒散，很少写文章。承蒙不弃，向我索稿，并说旧作也可以。现寄上去年应《人民日报》海外版编者之嘱而写的一篇文章的底稿（原文已载去年该报），芜杂不恭之处，请多谅恕。如不能用，弃之可也。尚复，敬请

大安。

钱谷融

11月10日

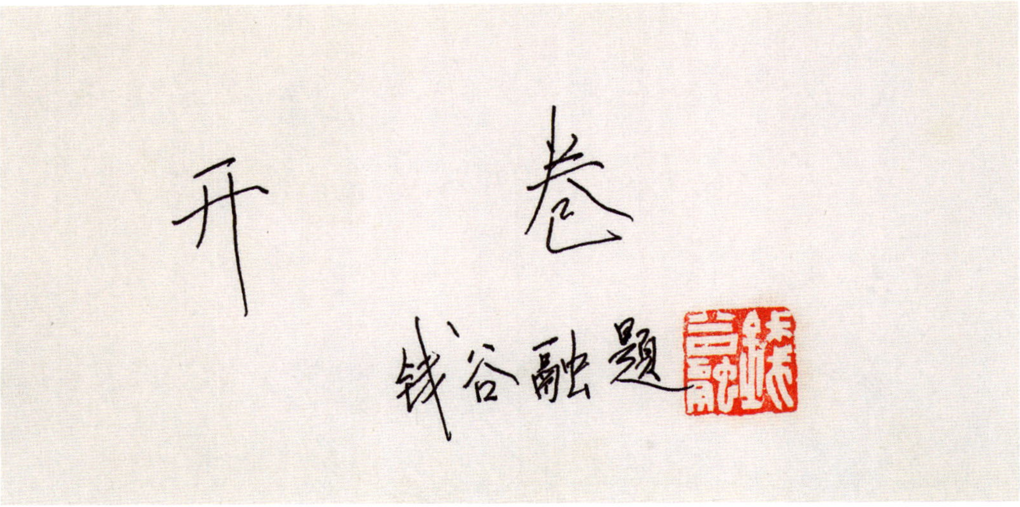
开卷
钱谷融题

王元化

1920年出生于湖北武昌，著名文学理论家、评论家、现代作家、著名学者、《文心雕龙》研究学者，在中国古代文论研究、当代文艺理论研究、中国文学批评史、中国近现代思想学术史研究上独辟新路。曾任华东师范大学教授、博士生导师，作品有《文心雕龙创作论》《清园近思录》《九十年代反思录》等。2008年5月9日在上海去世。

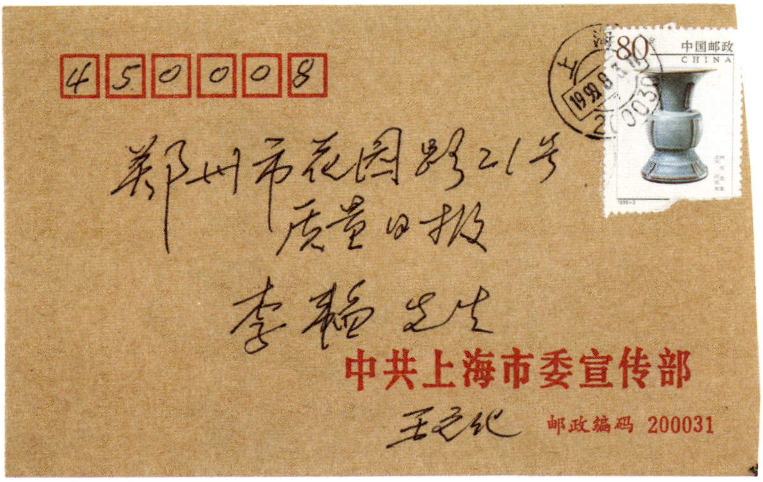

李韬先生：

来信已由江曾培同志转到，遵嘱写就开卷二字，不知合适否？

匆匆

不尽一一，即颂

夏安

王元化

8.1

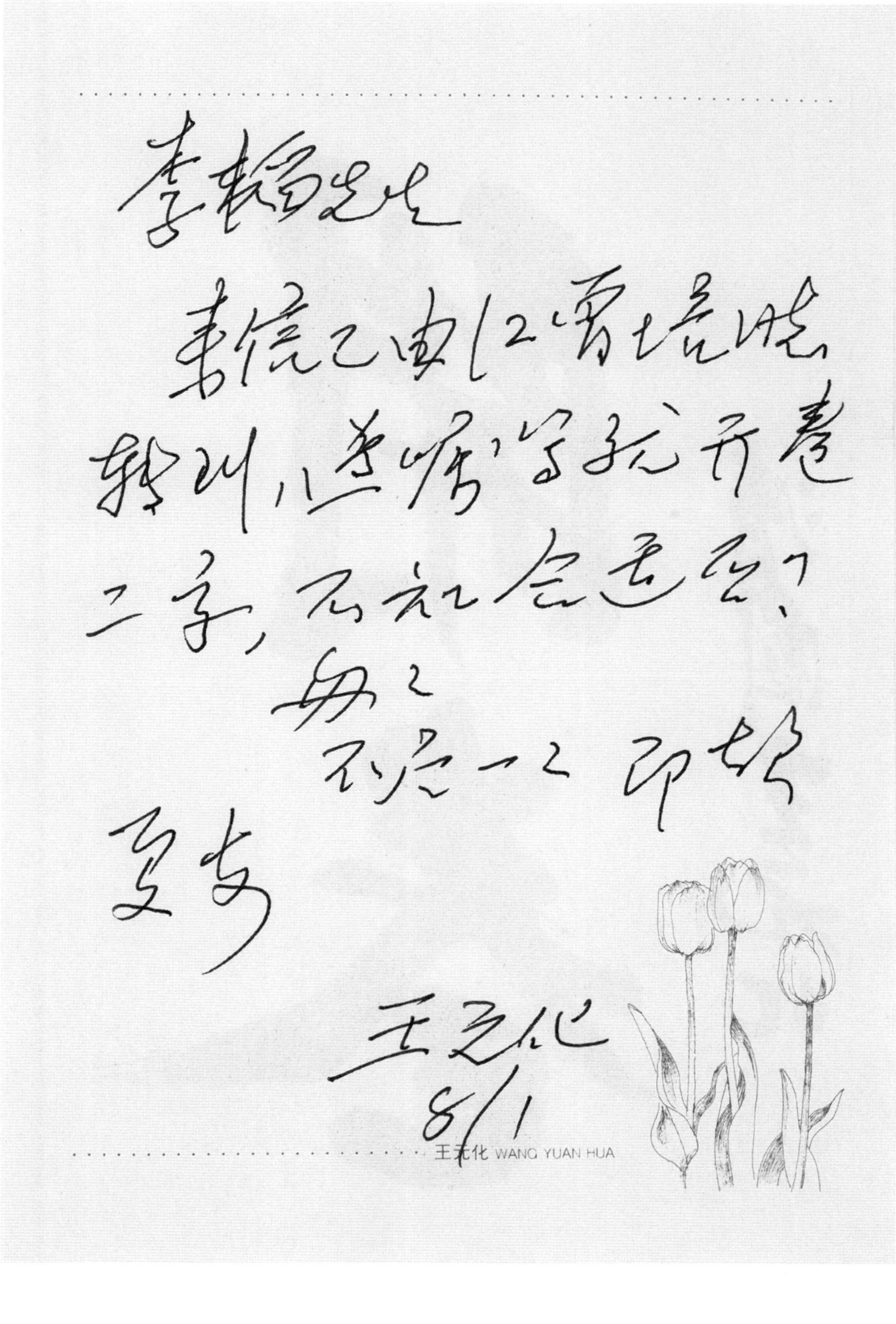
李辉先生：

来信已由江曾培兄转到，遵嘱写了开卷二字，不知合适否？

匆匆

不尽一一 即颂

夏安

王元化

8/1

王元化 WANG YUAN HUA

開卷
清園王元化

吴小如

1922年出生于安徽泾县，著名历史学家，北京大学教授。在中国文学史、古文献学、俗文学、戏曲学、书法艺术等方面均有较高的成就和造诣。著有《京剧老生流派综说》《古文精读举隅》《读书拊掌录》《心影萍踪》等。2014年5月11日在北京去世。

李韬先生：

来信迟至五月间始获悉。因新年以来，一直卧病，久不到校。日前始由一学生代取至舍，稽答为歉。病中力不从心，以燕祥故，遵嘱写二字，亦不知合用否？姑寄上，乞查收。

匆复不一，敬颂

安好！

吴小如

五月十三

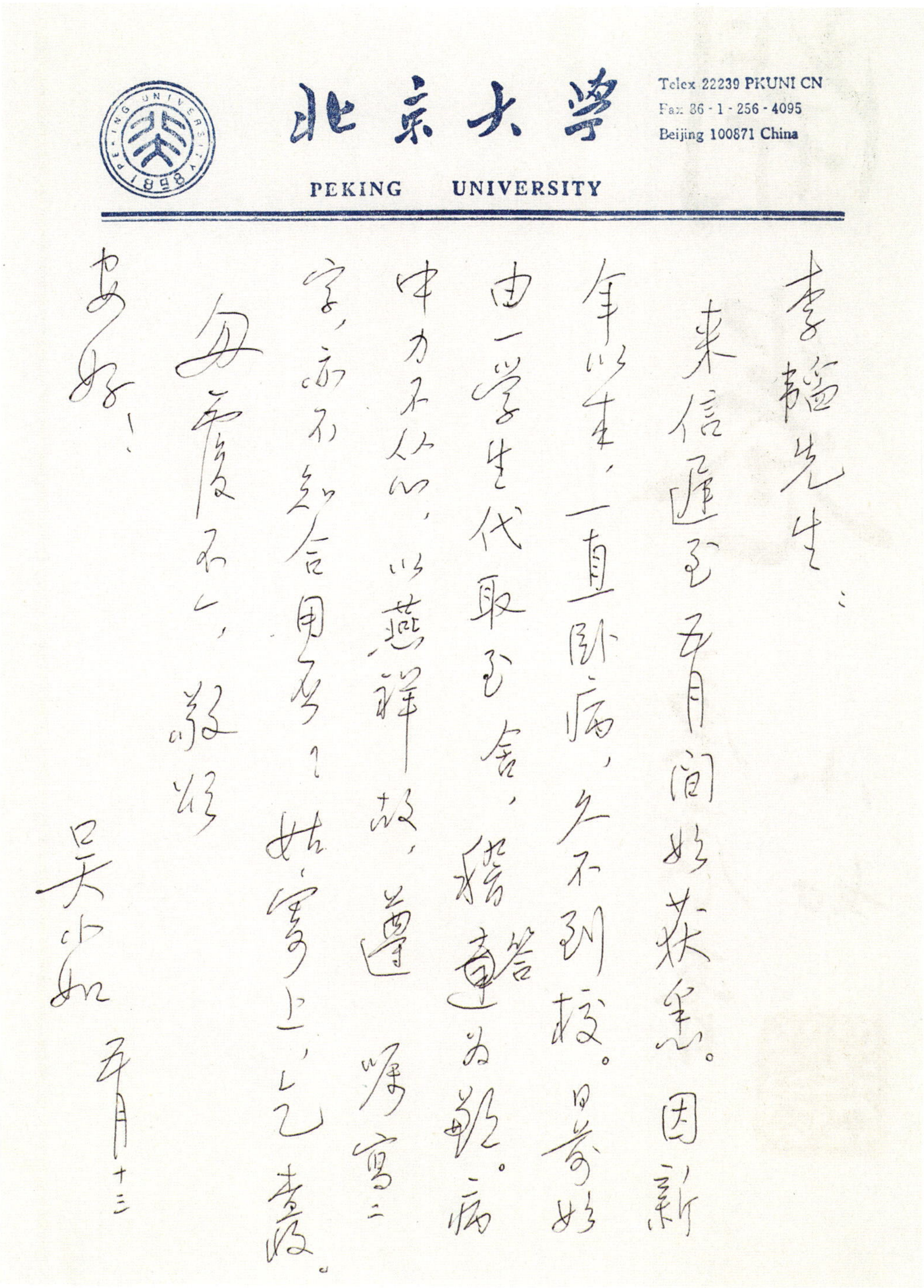
北京大學

PEKING UNIVERSITY

Telex 22239 PKUNI CN
Fax 86-1-256-4095
Beijing 100871 China

李韬先生：

来信迟至五月间始获悉。因新年以来，一直卧病，久不到校。日前始由一学生代取至舍，稽答迟为歉。病中力不从心，以燕祥故，遵嘱写二字，亦不知合用否？姑寄上，乞查收。匆覆不一，敬颂

安好！

吴小如 五月十三

開卷
庚辰春
小如

林斤澜

1923 年出生于温州市，著名短篇小说家，被称为“短篇圣手”，曾与汪曾祺并称为“文坛双璧”。曾任北京作协副主席、《北京文学》主编、中国作协理事等职。出版《布谷》《春雷》《飞筐》《山里红》《满城飞花》《林斤澜小说选》《矮凳桥风情》等。2007 年获北京作协“终生成就奖”。2009 年 4 月 11 日去世。

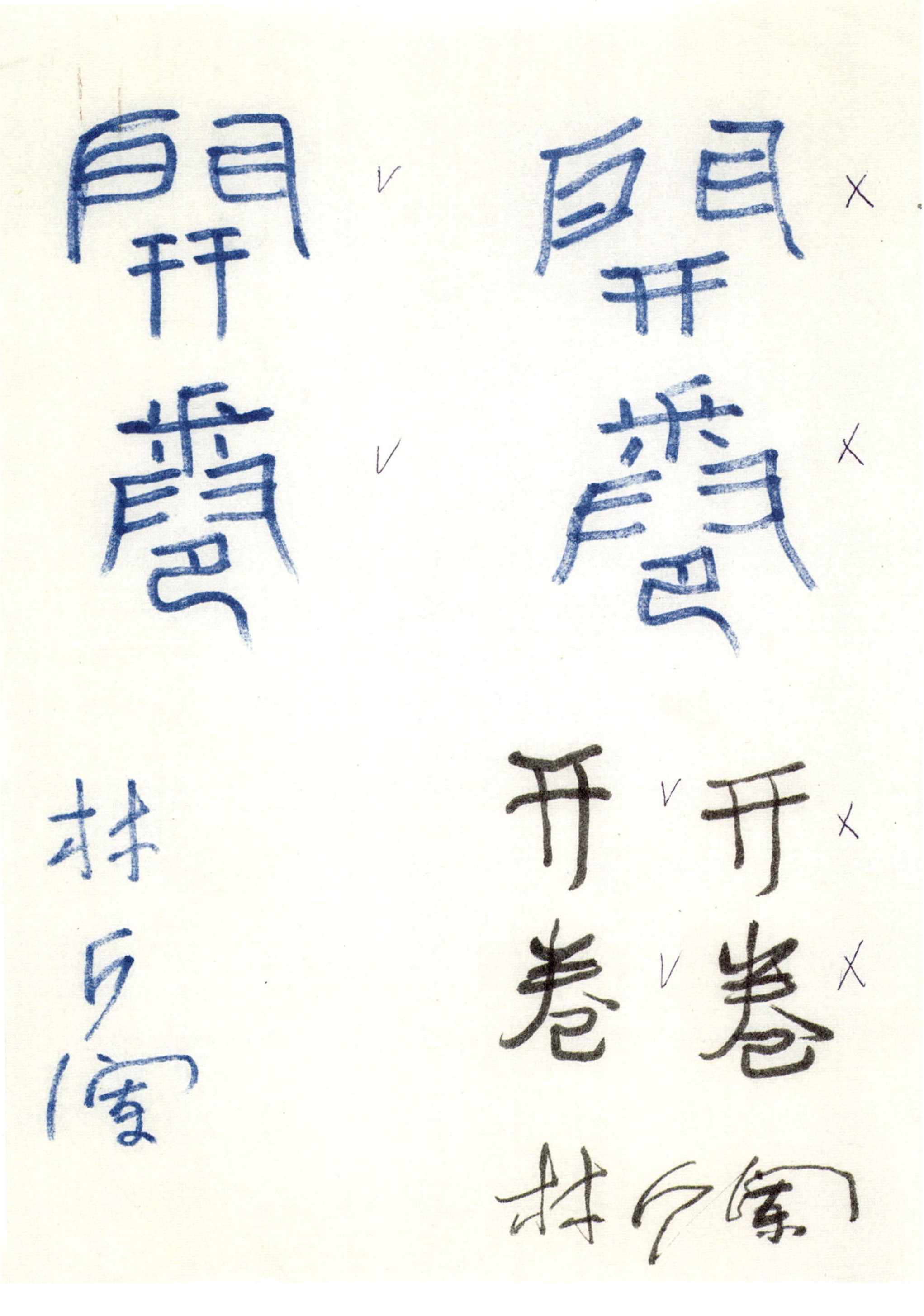
开卷
开卷

李慎之

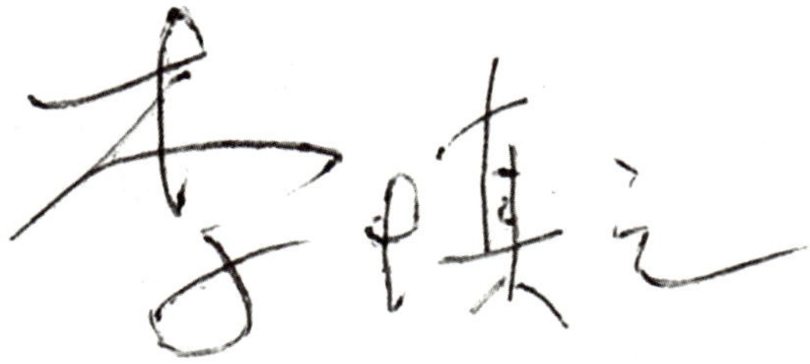

1923 年出生于江苏无锡，哲学家、社会学家、资深新闻人、国际问题专家，20 世纪下半叶中国自由主义思想的代表人物。曾任中国社会科学院副院长兼美国研究所所长。著有《中国的道路》《二十一世纪的忧思》等。2003 年 4 月 22 日在北京去世。

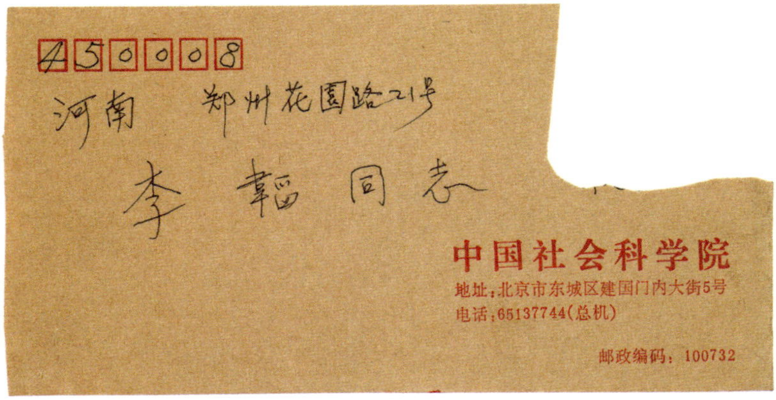

李韬先生：

从《质量时报》中见到来示。但“赐大籤”“开卷”实在是我所不能理解的。因此不知道先生到底要我做什么。无以应命，十分抱歉。

还有大示中有“鬥膽”二字，估计为“斗胆”之误。此“斗”字并非简化字，意思是说把胆扩张到像“斗”那么大。此处“斗”为名词，音 dǒu。“鬥”则为斗争、打斗之意，为动词，音 dòu。这都是简化字简化过头所致。五十年来，我一直反对简化字，主张恢复繁体字，奈人微言轻无人肯听何。

另外我一直追随五四时代胡适的主张，写作要用大白话，否则今天六十以下的人（甚至很多六十以上的名家、“博导”），哪怕写个便条，只要一涉文言，便不知所云，语文不但不成其为沟通的工具，反而成为隔阂了。

专此致歉，即颂

近安

李慎之

2000. 4. 21

okrugli stol '80 participacija, samoupravljanje, socijalizam
округли сто '80 партиципација, самоуправљање, социјализам
okrogla miza '80 participacija, samoupravljanje, socializem
тркалезна маса '80 партиципација, самоуправување, социјализам
table ronde '80 participation, autogestion, socialisme
круглый стол '80 соучастие, самоуправление, социализм
round table '80 participation, self-management, socialism
mesa redonda '80 participación, autogestión, socialismo

22—27. 09. 1980. cavtat, jugoslavija

李韞先生：

从《厦门日报》中见到来示。但"赐大箴""开卷"实在是我所不能理解的，因此不知道先生到底要我做什么。无以应命，十分抱歉。

还有大示中有"鬥膽"二字，估计为"斗胆"之误。此"斗"字并非简化字，意思是说把胆扩大到像"斗"那么大。此处"斗"为名词，音 dǒu。"鬥"则为鬥争、打斗之意，为动词，音 dòu。这都是简化字简化过头所致。五十年来，我一直反对简化字，主张恢复繁体字，奈人微言輕，无人肯听信。

另外我一直追随五四时代胡适的主张，写作要用大白话，否则今天六十以下的人（甚至很多六十以上的名家、"博导"）哪怕写个便条，只要一涉文言，便不知所云，語文不但不成其為沟通的工具，反而成为隔阂了。

特此致歉，即颂

近安

李慎之
2000.4.21

međunarodna tribina socijalizam u svetu

beograd, bulevar lenjina 6

罗哲文

1924 年出生于四川宜宾，中国古建筑学家、国家文物局古建筑专家组组长、中国文物研究所原所长。师从著名古建筑学家梁思成、刘敦桢等，一直从事中国古代建筑的维修保护和调查研究工作。著有《中国古塔》《中国古代建筑简史》《长城》《长城赞》《长城史话》《中国帝王陵》等。2012 年 5 月 14 日在北京去世。

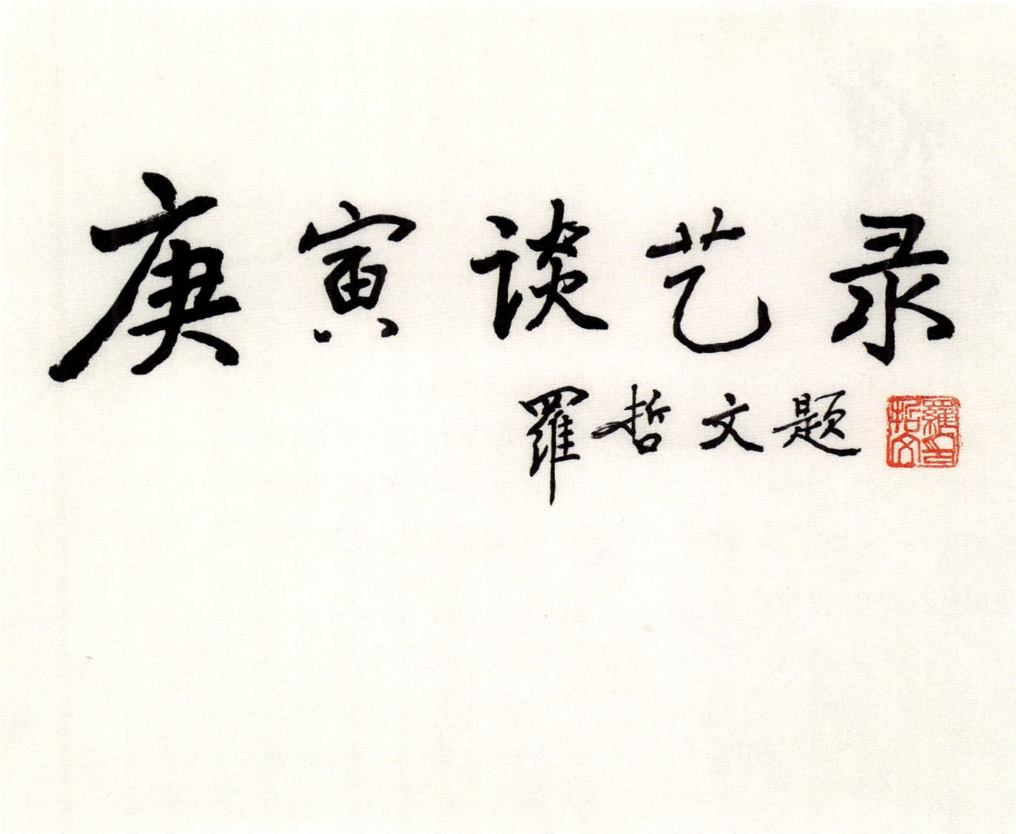
庚寅读艺录
羅哲文題

袁鹰

1924年出生于江苏淮安，原名田钟洛。著名作家、诗人、儿童文学家。出版《第一个火花》《红河南北》《胡伯伯向你们问好》等四十多种作品，散文集、儿童文学作品多次获全国性的优秀文学奖。《和太阳比赛早起》《白杨》《汉字的魅力》等散文入选中小学课本。

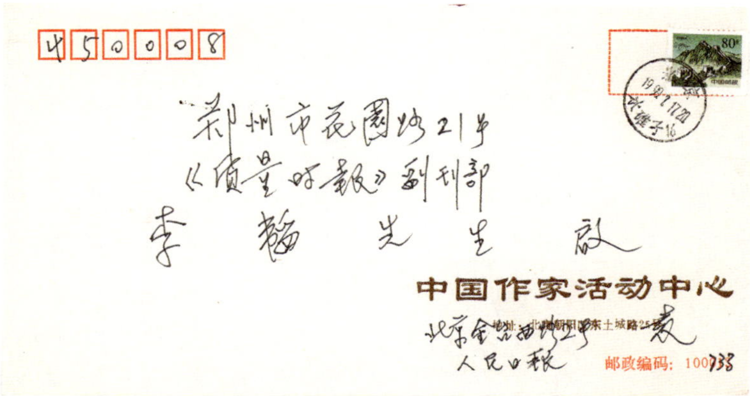

李韬同志：

您好！大札并贵报都收到，承蒙垂爱，谢谢！您要我为贵刊写字，实在惶恐。我根本不是书法家，哪有题刊名资格。既承不弃，只好涂两个字应命。如不用，弃之可也。

在以企业家和企业职工为主要对象的报纸上办读书的专刊，是很有远见卓识的。读了您寄来的这块版面上的文章，质量都相当高，几个栏目也都能吸引人，可读性极强。祝您工作顺利，越办越好，为中原大地增加更多书香。

即祝

夏安！

袁鹰

99. 7. 16

第　　页

李楠同志：

您好！大札并贵报都收到，承蒙垂爱，谢谢！您要我为贵刊写字，实在惶恐。我根本不是书法家，哪有题刊名资格。既承不弃，只好涂两个字应命。如不用，弃之可也。

在以企业家和企业职工为主要对象的报纸上开读书专刊，是很有远见卓识的。读了您寄来的这块版面上的文章，质量都相当

人民日报社　　20×10=200

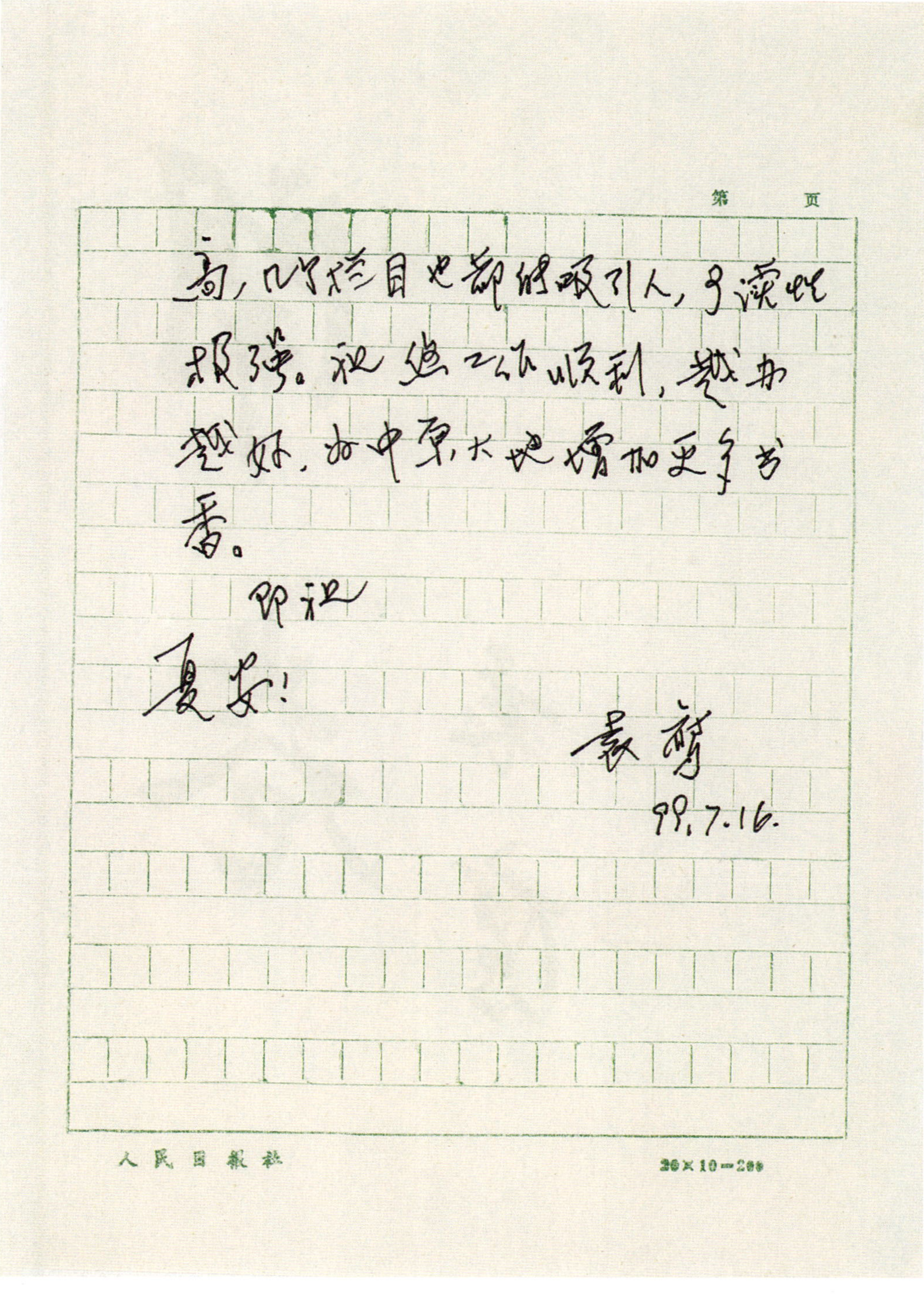

第　页

高，几个栏目也都很吸引人，可读性很强。祝您工作顺利，越办越好，为中原大地增加更多书香。

即祝

夏安！

袁鹰

99.7.16.

人民日报社　　20×10=200

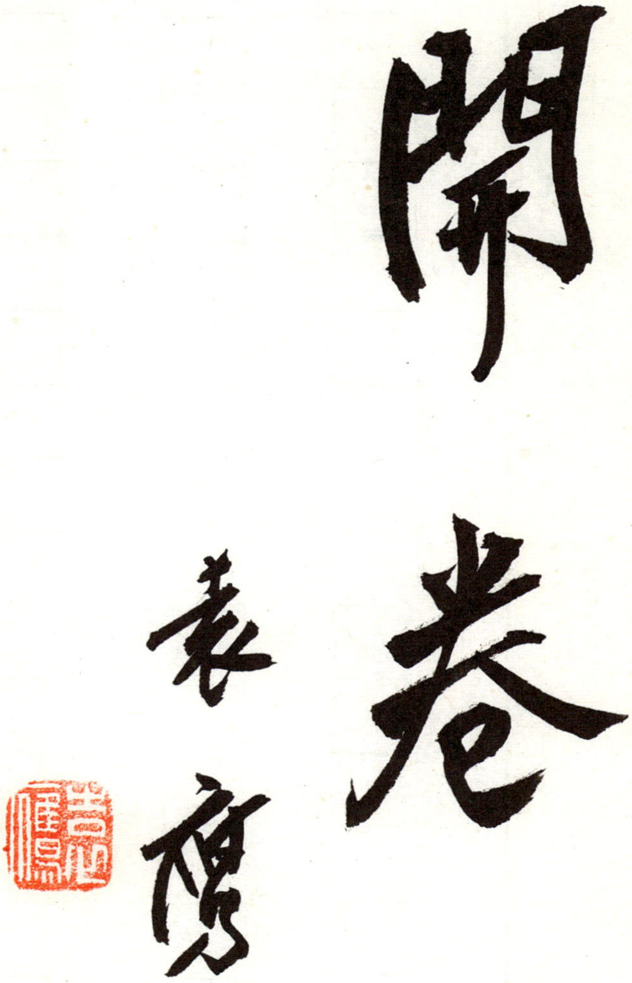
開卷
袁鷹

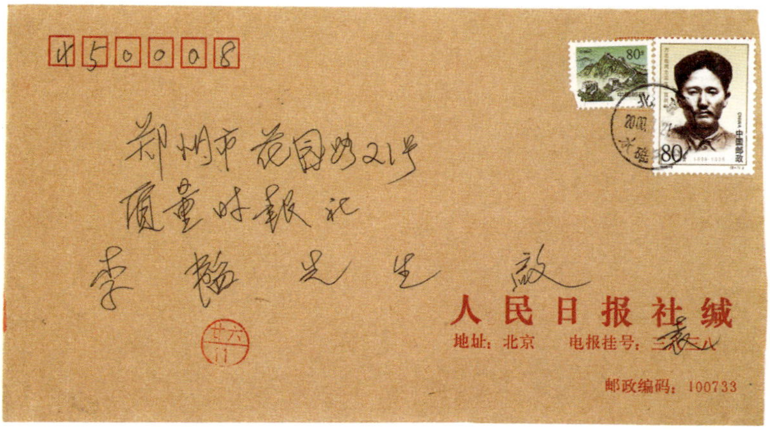

李韬同志：

您好！您在电话中殷勤约稿，盛意难拂。我不愿像有些人那样用一篇过时旧稿随便应付，手边只有这一篇不久前所写，在一家企业（长城润滑油公司）内部小报上刊登过。奉上请指教，聊报雅意。如不合用，请于便中掷还可也。

即祝

新春大吉！

袁鹰

2000 年元月 21 日

人民日报社公用信笺

李楷同志：

您好！您在电话中殷勤约稿，盛意难却。我不愿像有些人那样用一篇过时旧稿随便应付，手边只有这一篇不久前所写，在一家企业（长城润滑油公司）内部小报上刊登过。奉上请指教，聊表谢意。如不合用，请于便中掷还可也。

即祝

新春大吉！

袁鹰

2000年二月21日

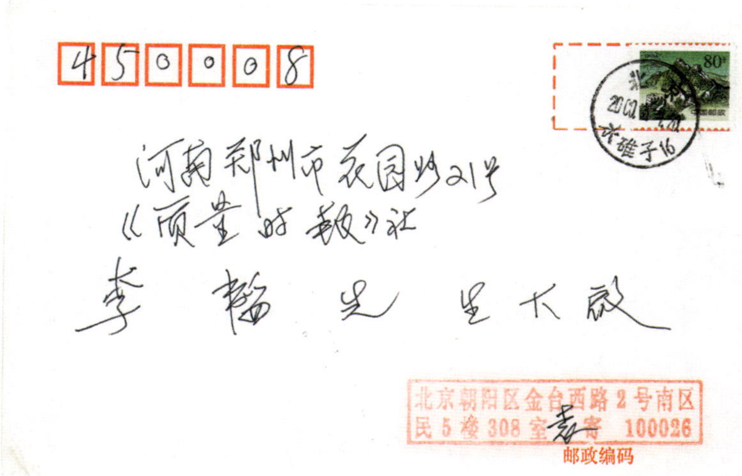

李韬同志：

新春好！收到近期贵报，看到小文《西子湖头有我师》承予刊载，很是感谢！但是将原题中“西子湖头……”改为“西子湖畔”，是弄错了。此句为明末爱国文人张苍水原诗：“国亡家破欲由（何）之？西子湖头有我师……”原句如此，以不改为好。不知能在贵刊上占几行予以更正否？谢谢。祝

春祺！

袁鹰上

新千年3月1日

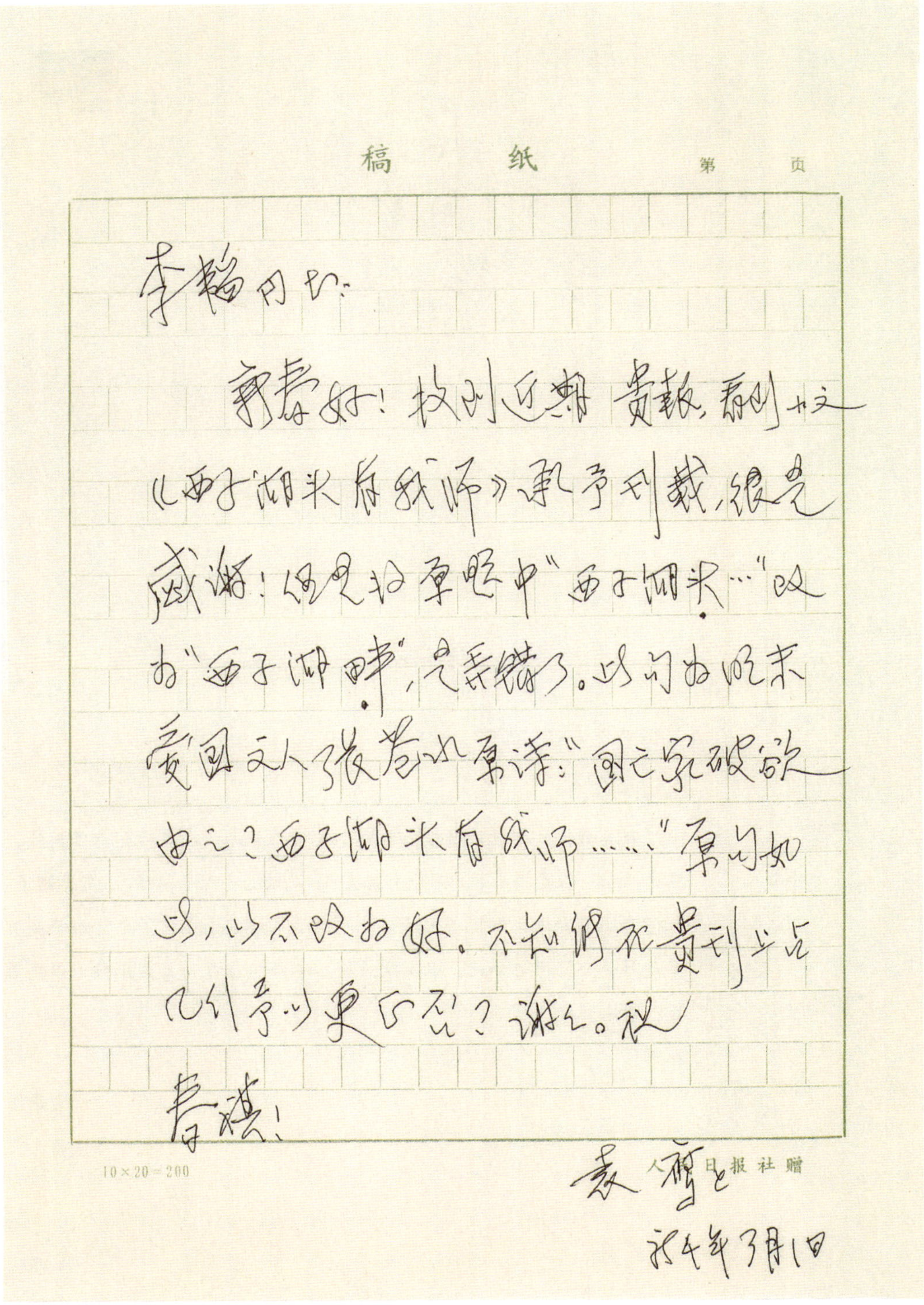
稿纸　第　页

李辉同志：

新春好！收到近期贵报，看到拙文《西子湖头有我师》承予刊载，很是感谢！但是将原题中"西子湖头……"改为"西子湖畔"，是弄错了。此句为明末爱国文人张苍水原诗："国亡家破欲何之？西子湖头有我师……"原句如此，似不改为好。不知能否在贵刊上占几行予以更正否？谢谢。祝

春禧！

10×20=200　人民日报社赠

袁鹰

[illegible]年3月1日

公刘

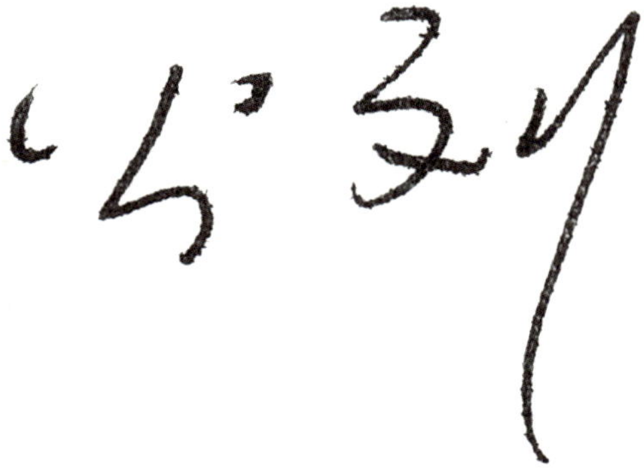

1927年出生于江西南昌，原名刘仁勇，又名刘耿直。当代著名诗人、作家。出版《神圣的岗位》《黎明的城》《在北方》《白花·红花》《离离原上草》《仙人掌》《骆驼》《大上海》《南船北马》等作品。2003年1月7日在合肥去世。

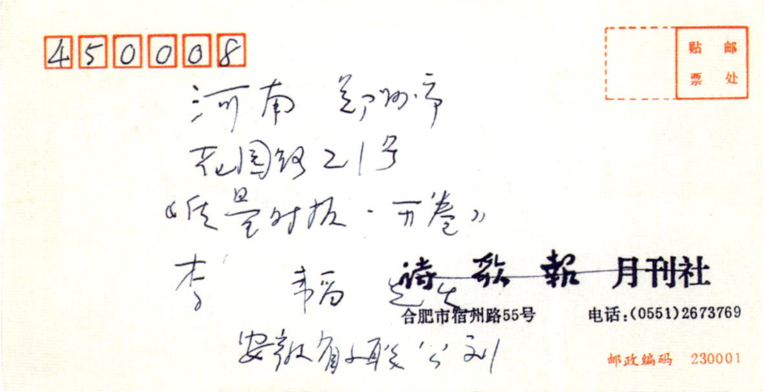

李韬先生：

你好！

详情请参阅附打印件。

顺颂

编安

公刘

1999. 6. 14

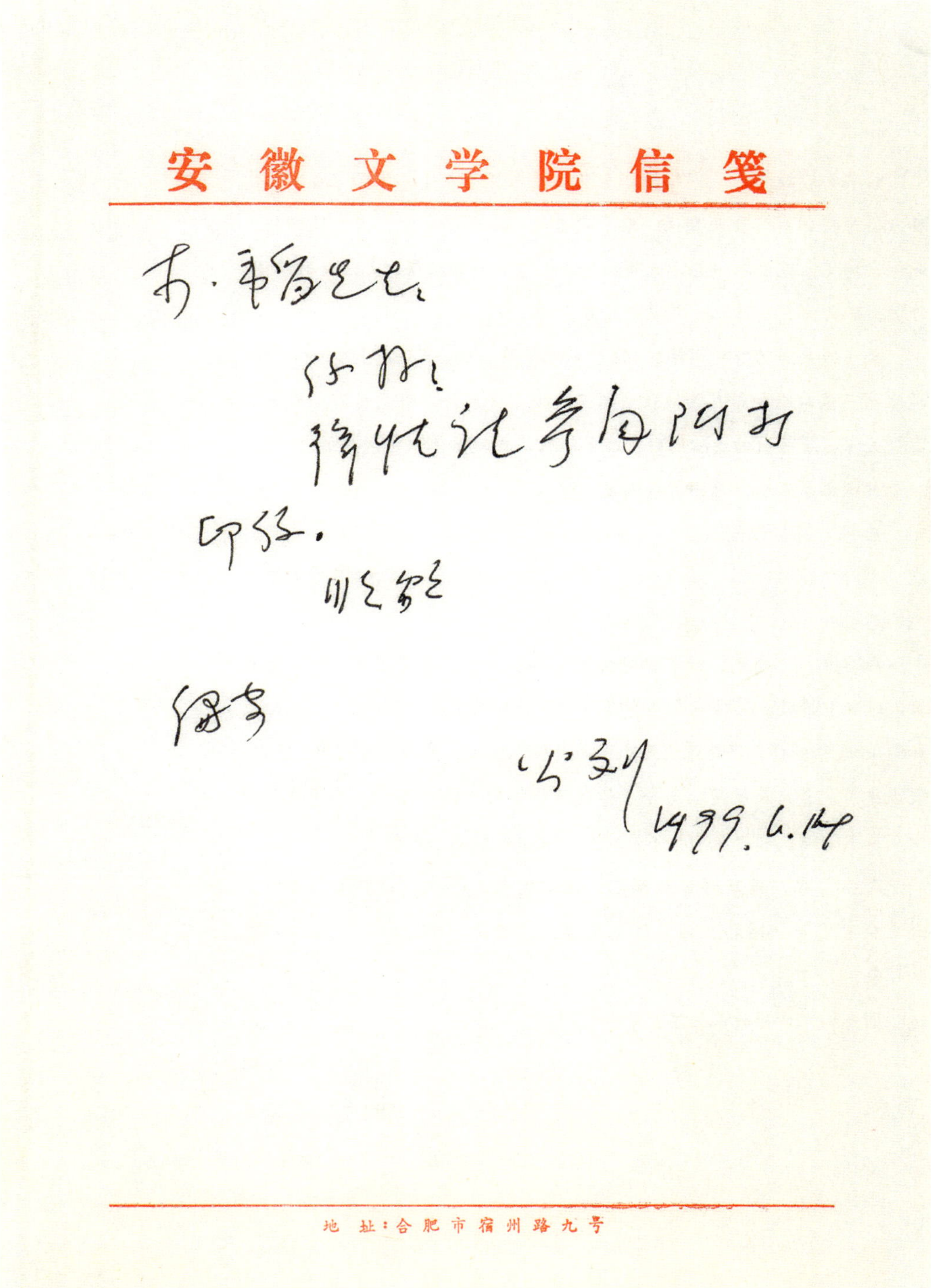

安徽文学院信笺

韦·韬先生：

你好！

请[illegible]印行。

此致

敬礼

公刘

1999.6.14

地 址：合肥市宿州路九号

谨告白：我再一次因脑梗塞复发住进医院“大修”了三个多月，近日方得平安回家。在此期间，或承蒙垂询，或见赐年卡，或惠赠新作，或催索诗文，或要求题签，或商购拙著，皆因辗转床褥，无法及时称谢、作答，殊为失礼，特此一并深深致歉！

至于得病和治疗的详细过程，就从略了罢，千言万语，并作一句，即：我诚然不是希腊神话人物俄狄浦斯王，但小女刘粹却肯定是百分之百的安提戈涅；没有她的悉心照料，我是不可能在键盘上写这封信的。

片纸拳拳不尽，毋须劳神回复。

恭贺　新春大吉！

1999 年 2 月 2 日

敬启者：没想到，就在拟好上述文字后，自己竟需召唤 120 急救车再次送医院抢救，一住又是两个多月（前后相加，超过半年）。这一回，如同 1995 年一样，得的是毫无来由的颅腔积水症，其间昏迷一周，喂水、喂饭逾月，最讨厌的是，迄今身体犹不能保持平衡。因之，尽管此刻能坐在家中击键，却深深陷入不良于行，摇摇欲跌的半废状态了。

有鉴于此，我只得暂且搁笔，静心读书、养病，倘能基本复原，则重新考虑写作问题。这，对我而言，诚然是一个可悲的决定，却也莫可奈何。

朋友们，请为我祝福罢，后会有期！

公刘

1999 年 4 月 28 日

谨告白：我再一次因脑梗塞复发住进医院“大修”了三个多月，近日方得平安回家。在此期间，或承蒙垂询，或见赐年卡，或惠赠新作，或催索诗文，或要求题签，或商购拙著，皆因辗转床褥，无法及时称谢、作答，殊为失礼，特此一并深深致歉！

至于得病和治疗的详细过程，就从略了罢，千言万语，并作一句，即：我诚然不是希腊神话人物俄狄浦斯王，但小女刘粹却肯定是百分之百的安提戈涅；没有她的悉心照料，我是不可能在键盘上写这封信的。

片纸拳拳不尽，毋须劳神回复。

恭贺　新春大吉！

1999年2月2日

敬启者：没想到，就在拟好上述文字后，自己竟需召唤120急救车再次送医院抢救，一住又是两个多月（前后相加，超过半年）。这一回，如同1995年一样，得的是毫无来由的颅腔积水症，其间昏迷一周，喂水、喂饭逾月，最讨厌的是，迄今身体犹不能保持平衡。因之，尽管此刻能坐在家中击键，却深深陷入不良于行，摇摇欲跌的半废状态了。

有鉴于此，我只得暂且搁笔，静心读书、养病，倘能基本复原，则重新考虑写作问题。这，对我而言，诚然是一个可悲的决定，却也莫可奈何。

朋友们，请为我祝福罢，后会有期！

1999年4月28日

李国文

1930年出生于上海，著名作家、杂文家。曾担任《小说选刊》主编，长篇小说《冬天里的春天》荣获首届茅盾文学奖。著有《骂人的艺术》《淡之美》《大雅村言》《楼外谈红》《中国文人的非正常死亡》《中国文人的活法》《唐朝的天空》《莎士比亚传》等。

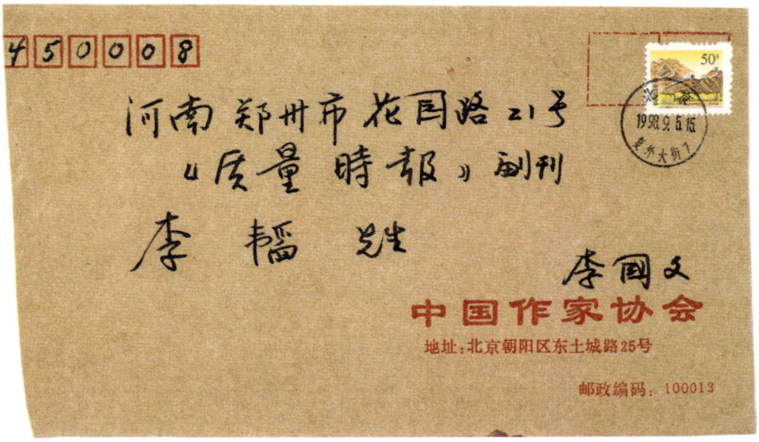

李韬先生：

信收到，寄上短文一篇，请过目。如不能用，则作罢。

谢谢你的约稿，并祝

编安！

李国文

九月四日

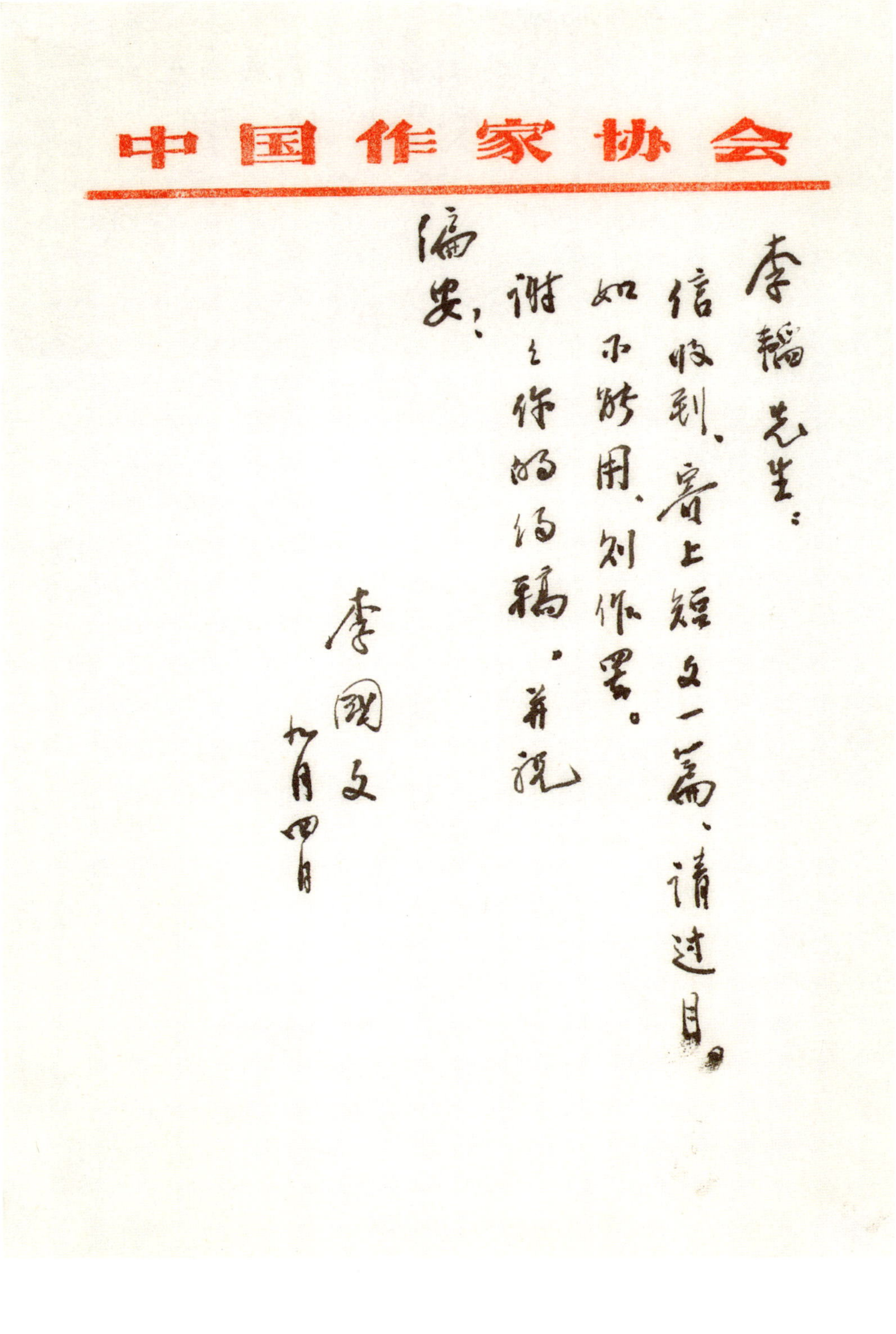

中国作家协会

李韬先生：

信收到、寄上短文一篇、请过目。

如不能用、则作罢。

谢谢你的约稿。并祝

编安！

李国文

九月四日

钟叔河

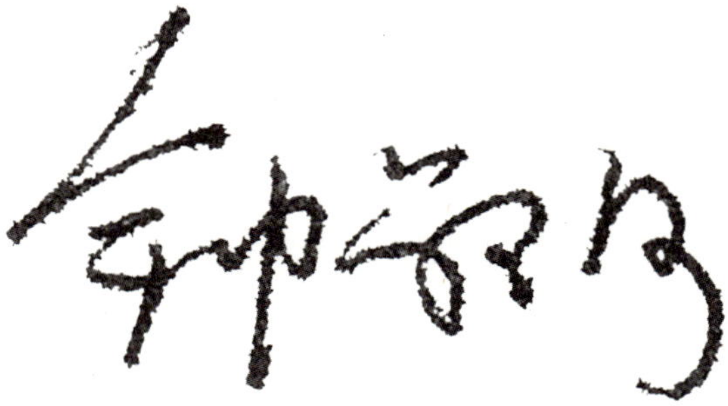

1931年出生于湖南平江，著名编辑、学者、散文作家、周作人研究专家。编辑的《走向世界丛书》计36种。曾获“中国图书奖”、全国首届古籍整理图书丛书奖和湖南省优秀图书特别奖。著有《从东方到西方》《学其短》《念楼学短》《千秋鉴借吾妻镜》等。

李韬先生：

遵嘱将“四十八条”寄上，此为孤本，又是繁体字，得先请你自己认真看一下，看贵处能不能这样发表。如不能发，千万快些将其寄回给我。如能发表，则请多寄几份报纸（最好有十份，但只要这一版）给我，因朋友们想看者甚多也。余不一一。即问

近好

钟叔河

一、廿六

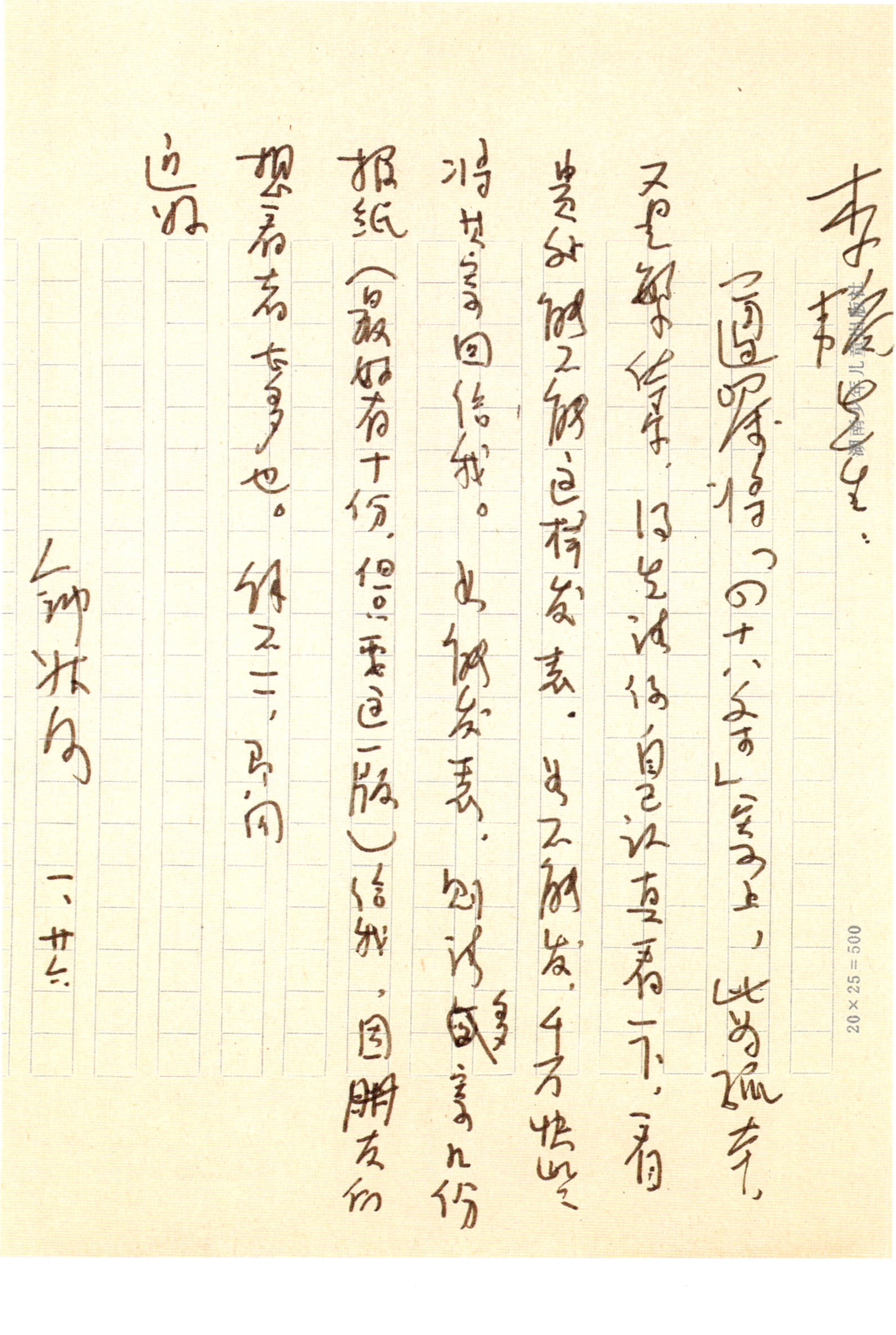
李小峰先生：

前遇呐寄信「四十八年」[illegible]上，此为孤本，又[illegible]价笺，请先请你自己认真看一下，看是否能不能宜于发表。若不能发，千万恳些将其寄回给我。如能发表，则请多寄几份报纸（白报纸有十份，但只要这一版）给我，因朋友们想看者甚多也。余不一一，即问

近好

[illegible]钟林同

一、廿六

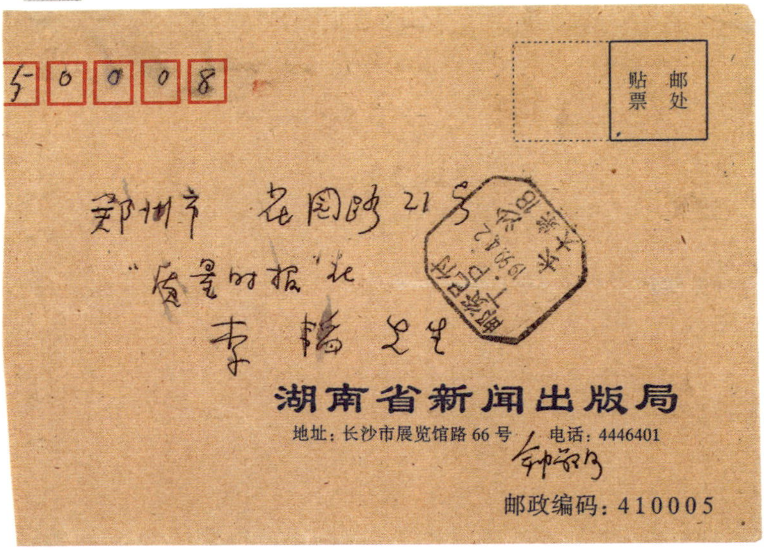

李韬先生：

来函收到。我今年六十九岁，称“大人”太客气，称“君”又把我看年轻了，虽然我是巴不得，但白发无情侵老境，放翁的诗毕竟是人生无可如何的事。

小文一篇寄上，用与不用，均无关系。

我极少为文，因为一是写不出，二是不想写，三是写不得。请谅。

问好

钟叔河

4.1

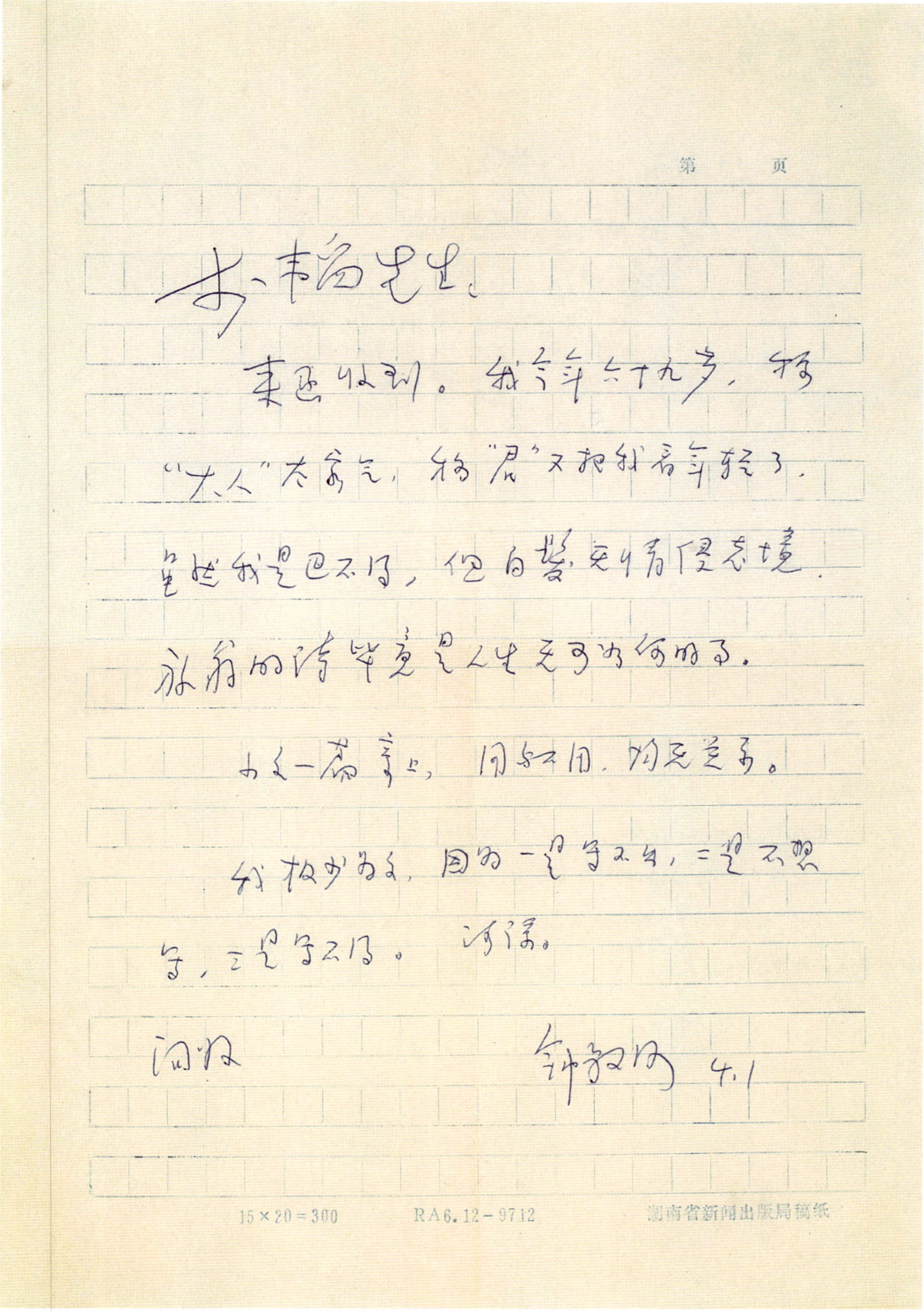
第　页
孙韦榕先生：
来函收到。我今年六十九岁，称“大人”太客气，称“君”又把我看年轻了。虽然我是巴不得，但自觉心情俱老境。旅肩的诗毕竟是人生无可如何的了。
小文一篇拿上，同与不同，均无关系。
我极少写文，因为一是写不出，二是不想写，三是写不得。请谅。
问好
钟叔河　4.1
15×20=300　RA6.12-9712　湖南省新闻出版局稿纸

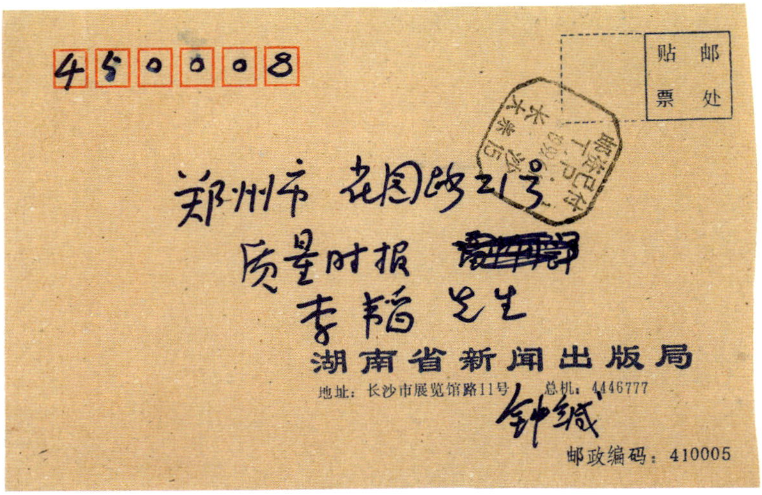

李韬先生：

报纸收到了，请放心。

“开卷”写了一下，但拙字实在太难看，故最好不用。

拙作只有“书前书后”一种可以签名寄奉，又不记得过去是不是寄过。如果没有，请告。

即颂

佳吉

钟叔河

6.9

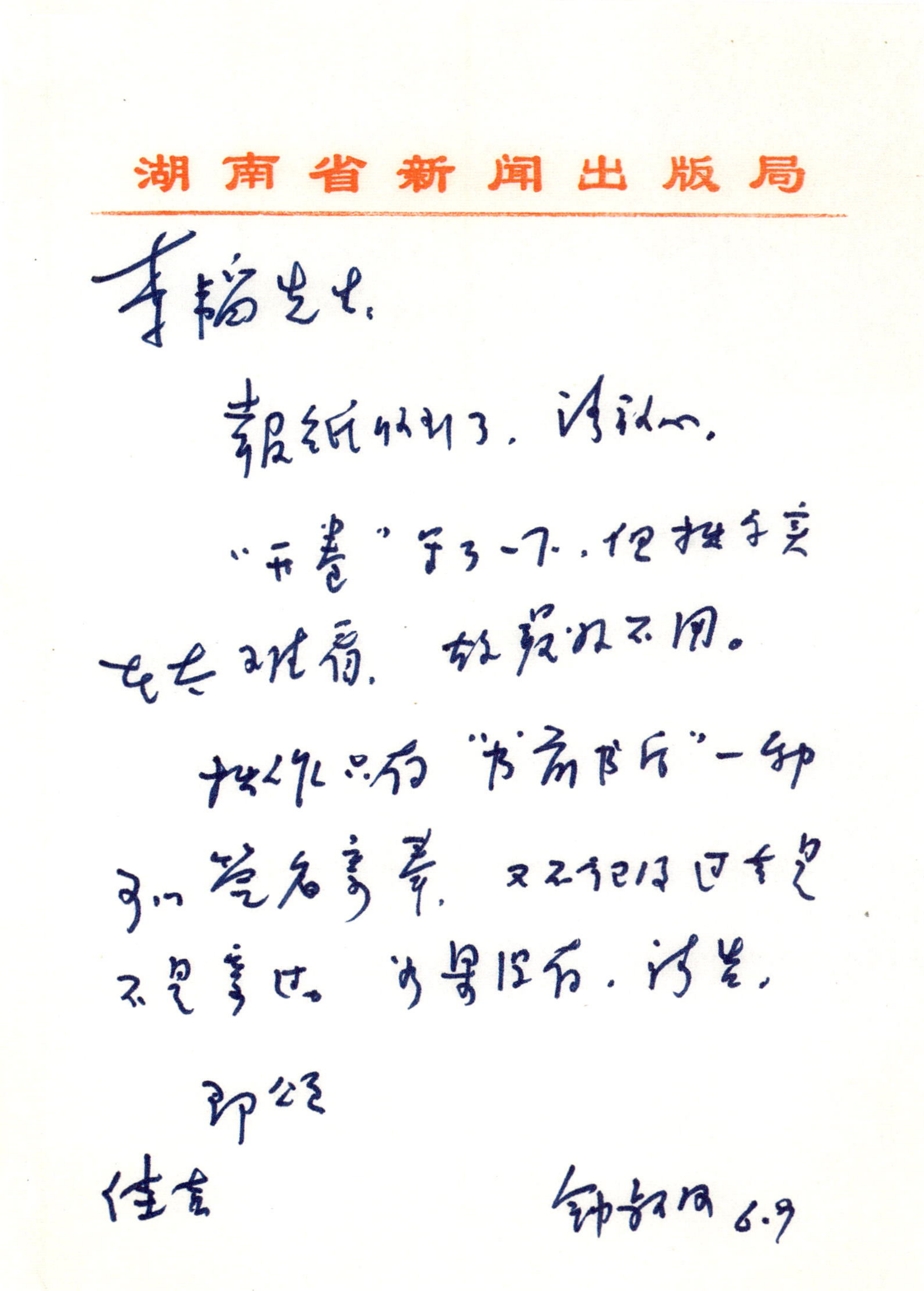
湖南省新闻出版局

李辉先生：

报纸收到了，谢谢。

"开卷"写了一下，但拙字实在太难看，能否就不用。

拙作只有"书前书后"一种可以签名寄奉，又不记得过去是不是寄过。如果没有，请告。

即颂

佳吉

钟叔河 6.9

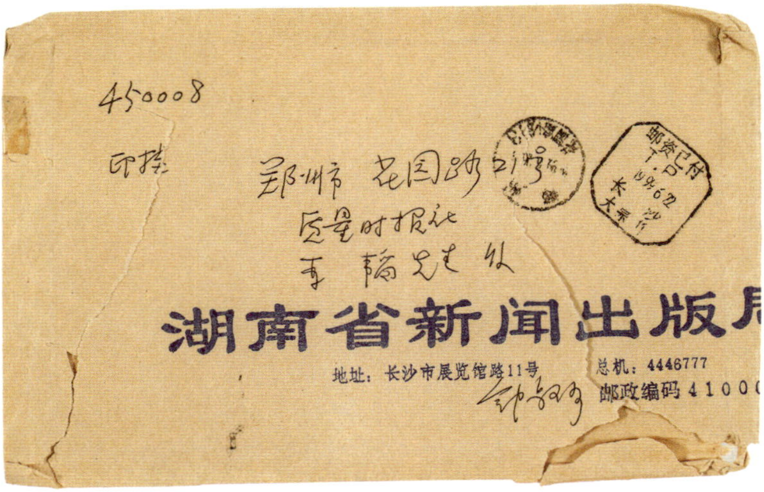

李韬先生：

劣书一本寄上请收。我非文人，更不是学者，和黄（裳）吴（祖光）张（中行）诸位无法并提，所谓撑门面亦是先生谬说，一篇补白岂撑得了门面乎？承邀访郑，暂时亦不敢应命，自己身体不行是事实，而布道讲学实在没有资格也。谢谢。

即颂

文祺

钟叔河

6.22

第　页

李辉先生：

寄书一本奉上请收。我非文人，更不是学者，知道点传统读法还能看看，所谓读书两字是先生之谬许，一篇短文何足读者的看重？承邀访谈，暂时还不能应命，因已不能走动了。至于布置讲座也只能恕不奉陪也。谢谢。

即颂

文祺

钟叔河

6.22

15×20＝300　　RA6.12－9712　　湖南省新闻出版局稿纸

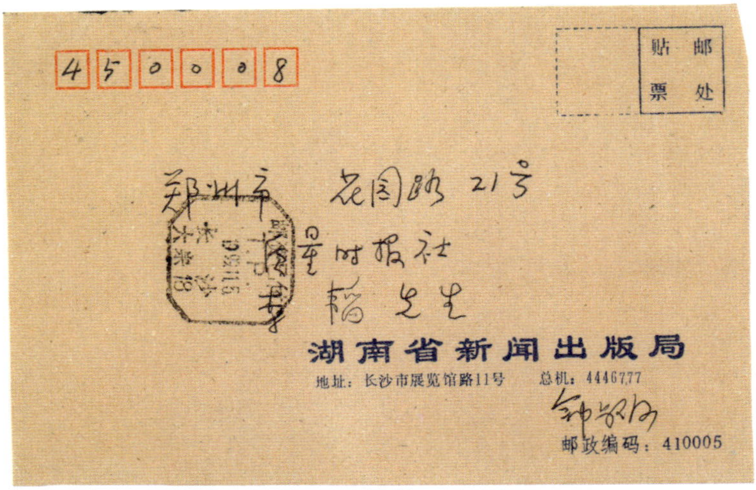

李韬先生：

法书对联收到，你的字显出了你的才气，很有意思。

“学其短”承青及甚感，现在苦于准备搬家，整理捆载书物，搬家当在阳历年后，一切事情都得到新居书房布置停当后才能着手也。“出版广角”的稿子是几个月的前一次寄若干篇去，慢慢见刊的。

此复，即候

编祺

钟叔河

1999. 11. 5

联语上款又称“大人”，

我实在不敢僭妄也。

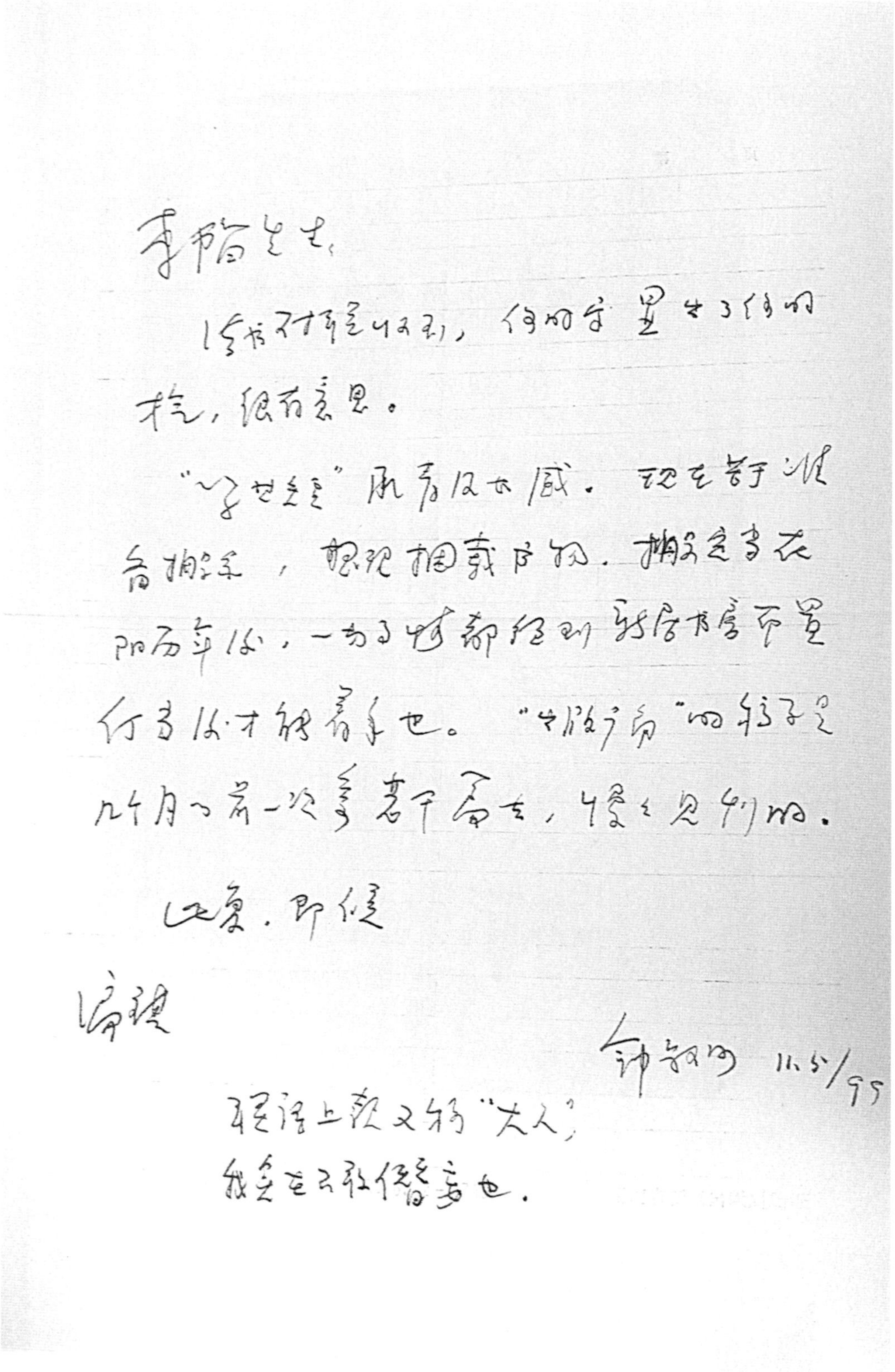

李晗先生：

你的书和信都收到，信的字写出了你的性格，很有意思。

"念楼"原系旧式，现在等待拆除，想把捆载书物，搬家之事在阳历年后，一切书物都得到新居书房布置好后才能着手也。"书房"的样子是几个月前第一次拿着图纸看去，惨淡经营的。

此复，即候

时祺

钟叔河 11.5/95

汉语上称父为"大人"，我至今不懂得也。

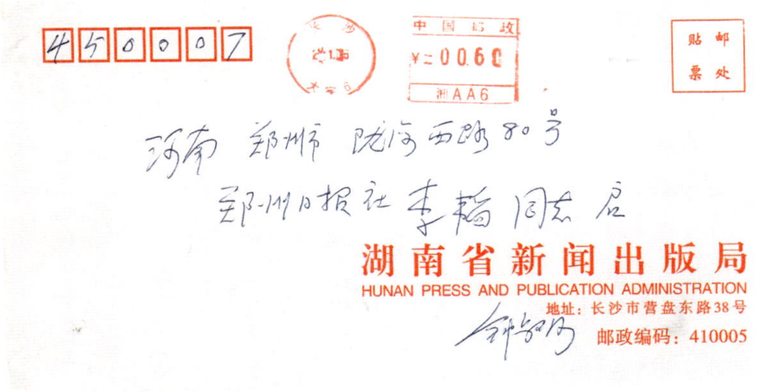

冬天如果来了，春天还会远吗？李韬先生新春快乐

钟叔河

甲申腊月十五日

湖南出版集团
HUNAN PUBLISHING GROUP

冬天如果来了
春天还会远吗？
李韬先生新春快乐
钟叔河
甲申腊月十五日

地址：湖南省长沙市展览馆路11号 电话:0731-4302638 传真:0731-4302518 邮编:410005 http://www.hnpg.com.cn

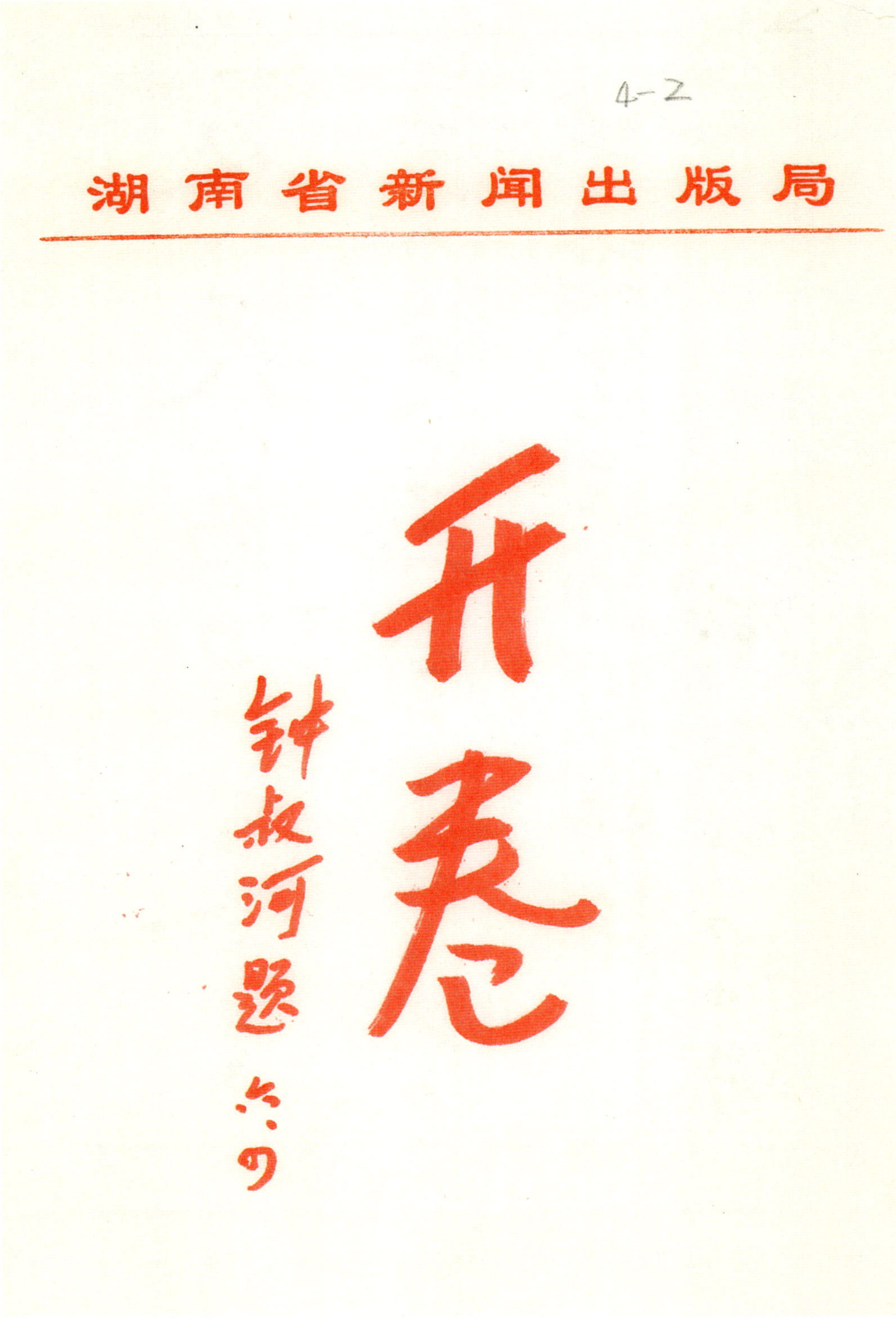

4-2

湖南省新闻出版局

开卷

钟叔河题 六、四

沈鹏

1931年出生于江苏江阴，著名书法家、美术评论家、诗人。现任中国书法家协会名誉主席、中国美术出版总社顾问以及《中国书画》主编。书法精行草，兼长隶、楷等多种书体，出版书法集《当代书法家精品·沈鹏卷》《沈鹏书法选》《沈鹏书白居易长恨歌、琵琶行》等，诗集《三余吟草》《三余诗词集》《三贤集》（与刘征、周笃文合著）等。

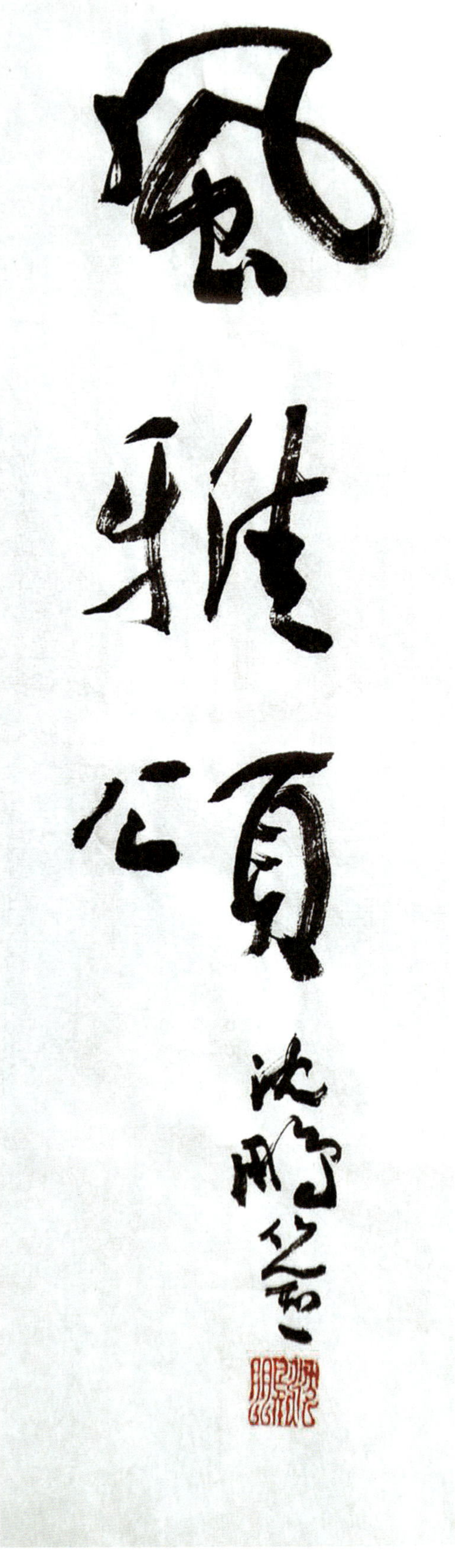
风雅颂

流沙河

1931年出生于四川成都，原名余勋坦。当代诗人、作家，曾任《四川群众》和《星星》诗刊编辑。先后出版《锯齿啮痕录》《独唱》《台湾中年诗人十二家》《流沙河随笔》《流沙河诗集》《故园别》《游踪》《庄子现代版》等，诗歌《理想》曾被收录进中学语文课本。2019年11月23日在成都去世。

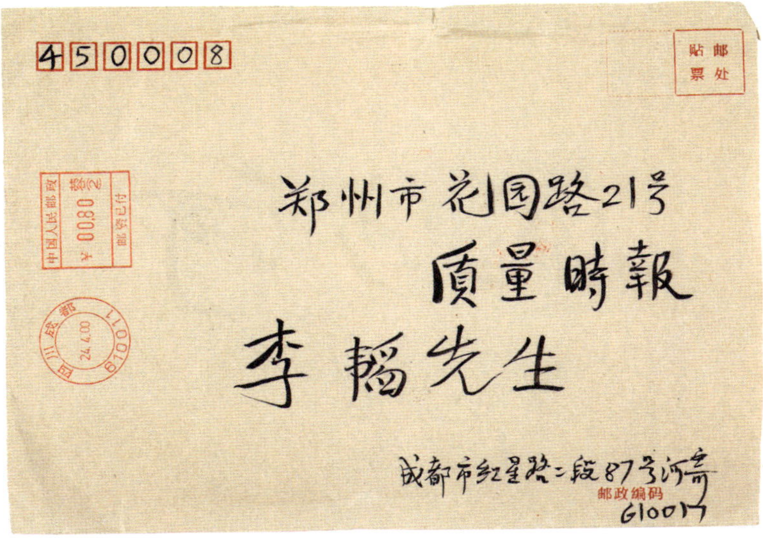

李韬先生：

字献丑了，我看你的字就很好，我不过徒有虚名罢了。

河谨上

2000. 4. 24

Tel：（028）6781738

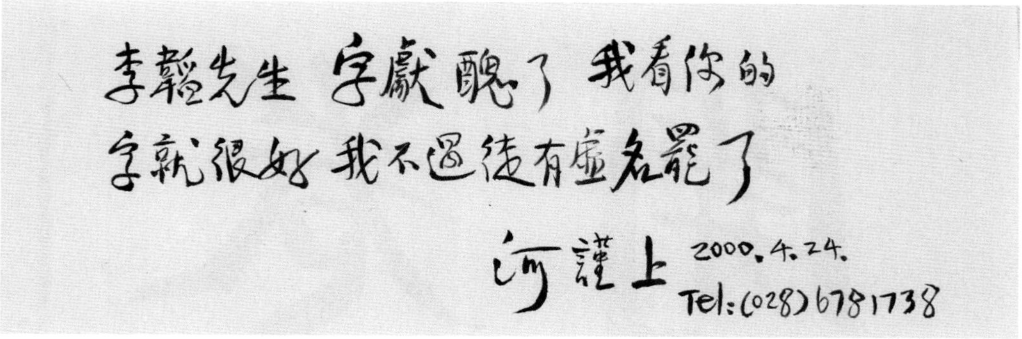
李敖先生 字獻醜了 我看你的
字就很好 我不過徒有虛名罷了
訶謹上 2000.4.24.
Tel:(028)6781738

開卷
流沙河题

林非

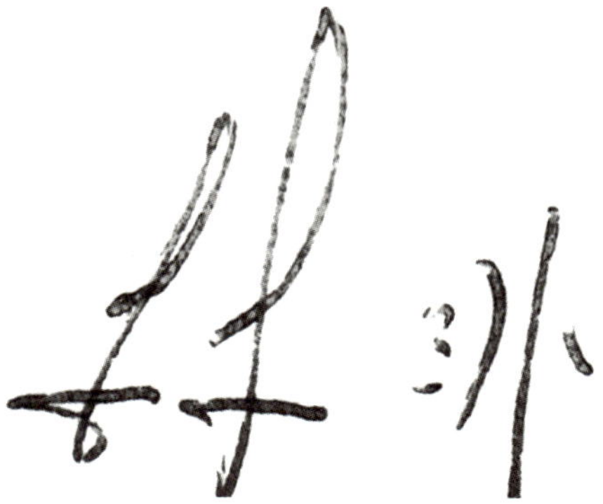

1931 年出生于江苏海门，著名散文家、鲁迅研究专家。历任中国社会科学院研究生院教授，中国鲁迅研究会会长，中国散文学会会长，中国散文家协会名誉会长。出版《鲁迅前期思想发展史略》《治学沉思录》《文学研究入门》《鲁迅和中国文化》《散文的使命》《中国现代小说史上的鲁迅》等 30 余部著作。

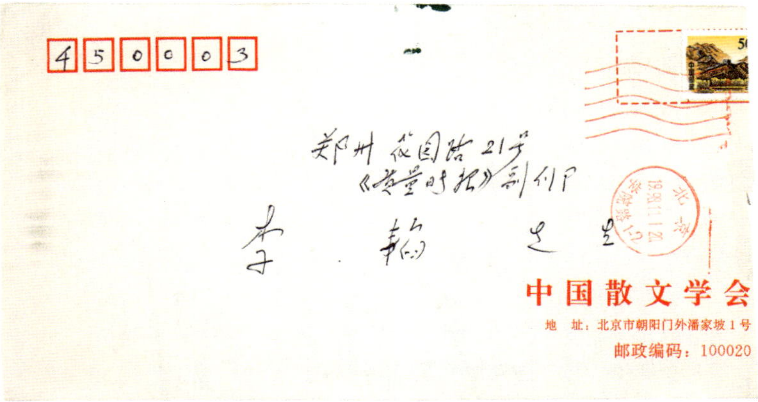

李韬先生：

近好。

拜诵华翰，前寄之贵报已收读。

知拟发表拙作，谢谢。

遵嘱附上百字留言及照片，照片无底片，用完请掷还，以便保存另作它用。

顺颂

1999年丰收、健康、欢乐！

林非

1. 26

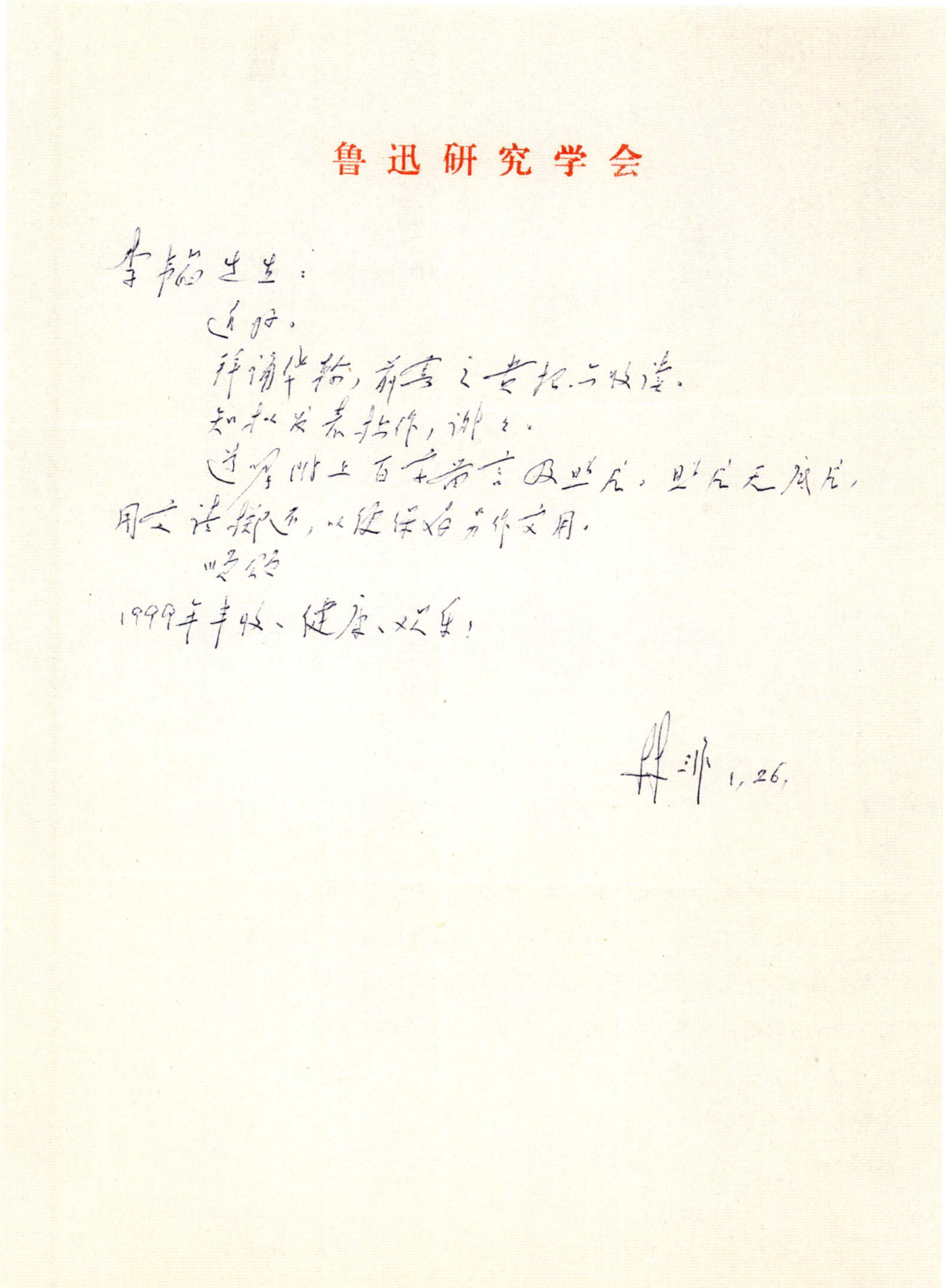

鲁迅研究学会

李韬先生：

近好。

拜读华稿，前言之要极为欣赏。

知将发表拙作，谢谢。

遵嘱附上百字留言及照片。照片无底片，用后请掷还，以便保存另作它用。

即颂

1999年丰收、健康、欢乐！

林非 1,26.

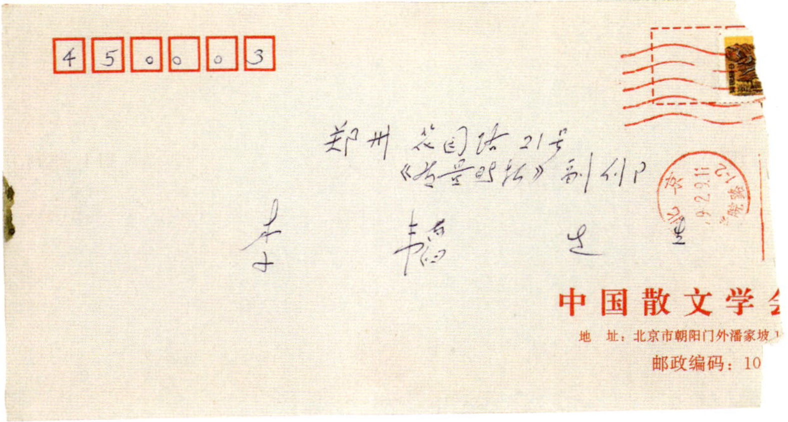

李韬先生：

近好。

大札及贵报均拜诵，所嘱之“留言版”已寄奉，当已过览矣！

学术讲座事，当可遵嘱一试，为锻炼思维，防止老年痴呆，我极愿站着不拿文稿，一口气讲三个小时。去年去了几个城市，讲了好几场，效果尚不错。讲的题目可在东西方文化、鲁迅、散文等题内挑选，不知可否？

急事请来电话（010）62342979。

耑此顺颂

文祺

林非

2.9

鲁迅研究学会

李韬先生：

　　您好。

　　大札及要报均拜读，所写之"学言版"之事本，当已告竣矣！

　　举办讲座事，当可过来一试，为锻炼思维，防止老年痴呆，我极愿讲。尚不耄之年，一口气讲三个小时。去年去了几个城市，讲了好几场，效果尚不错。讲的题目可在东西方文化、鲁迅、散文学里内挑选。不知可否？

　　您可请其电话(010)62342979。

　　专此顺颂

文祺

林非 2,9,

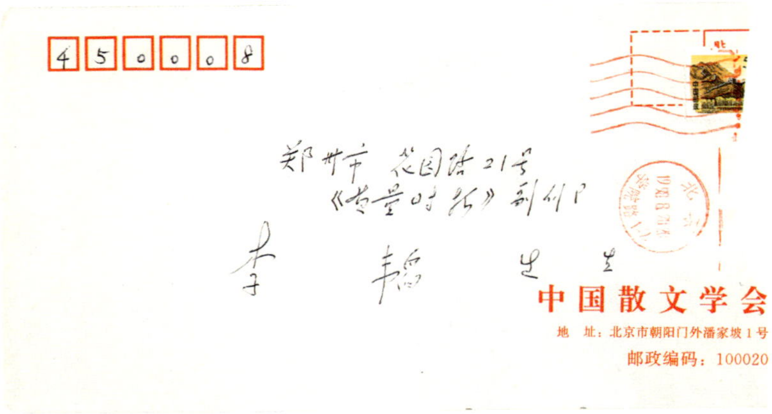

李韬先生：

近好。

拜诵书法精品，快哉！颇有郑板桥之风，值得玩味。

报纸同时收得，办得极好，很耐看。

遵嘱寄上短文一篇，以备补白也。

我已迁居，如赐函或来电话，请按名片所书，谢谢。

耑此顺颂

文祺

林非

8. 28

鲁迅研究学会

李韬先生：

近好。

拜阅大作杂文，快哉！颇有郑板桥之风，值得玩味。

拙作同时收到，今日报到，何时寄。

遂展字上补了一笔，以资补白也。

我已退居，如蒙惠书及文化，请告知所书，谢谢。

专此顺颂

文祺

林非 8.28.

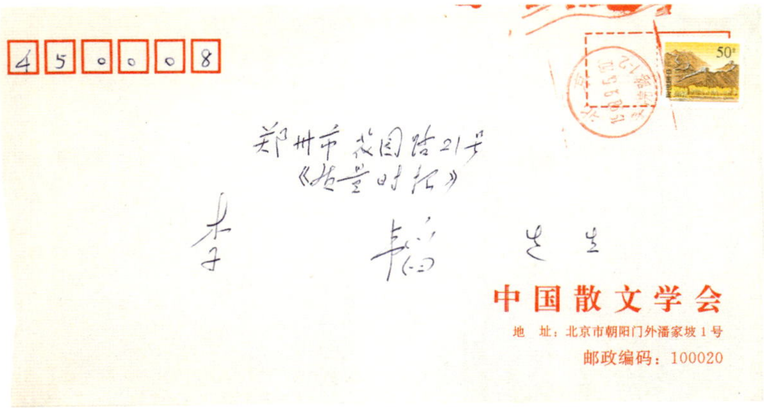

李韬先生：

近好。

拜诵大札，所嘱之事已悉。因住处距邮局较远，寄信均投住处附近邮筒，平均一月余始往取挂号等，年迈矣，奈若何！

寄上报上登过的两个封面，不知可制版否？朦胧些不碍，不是许多人都喜爱朦胧诗吗？如不行，拙文就不必置头条。只要读者爱看，看后得益，放哪儿均不碍，否则倒反而徒有虚名了。剪后便中掷还，谢谢。

谢谢发表短文，报纸若能常寄赠，可读到一些美文，岂不快哉！

盼常赐教。

顺颂

文祺

林非

9.5

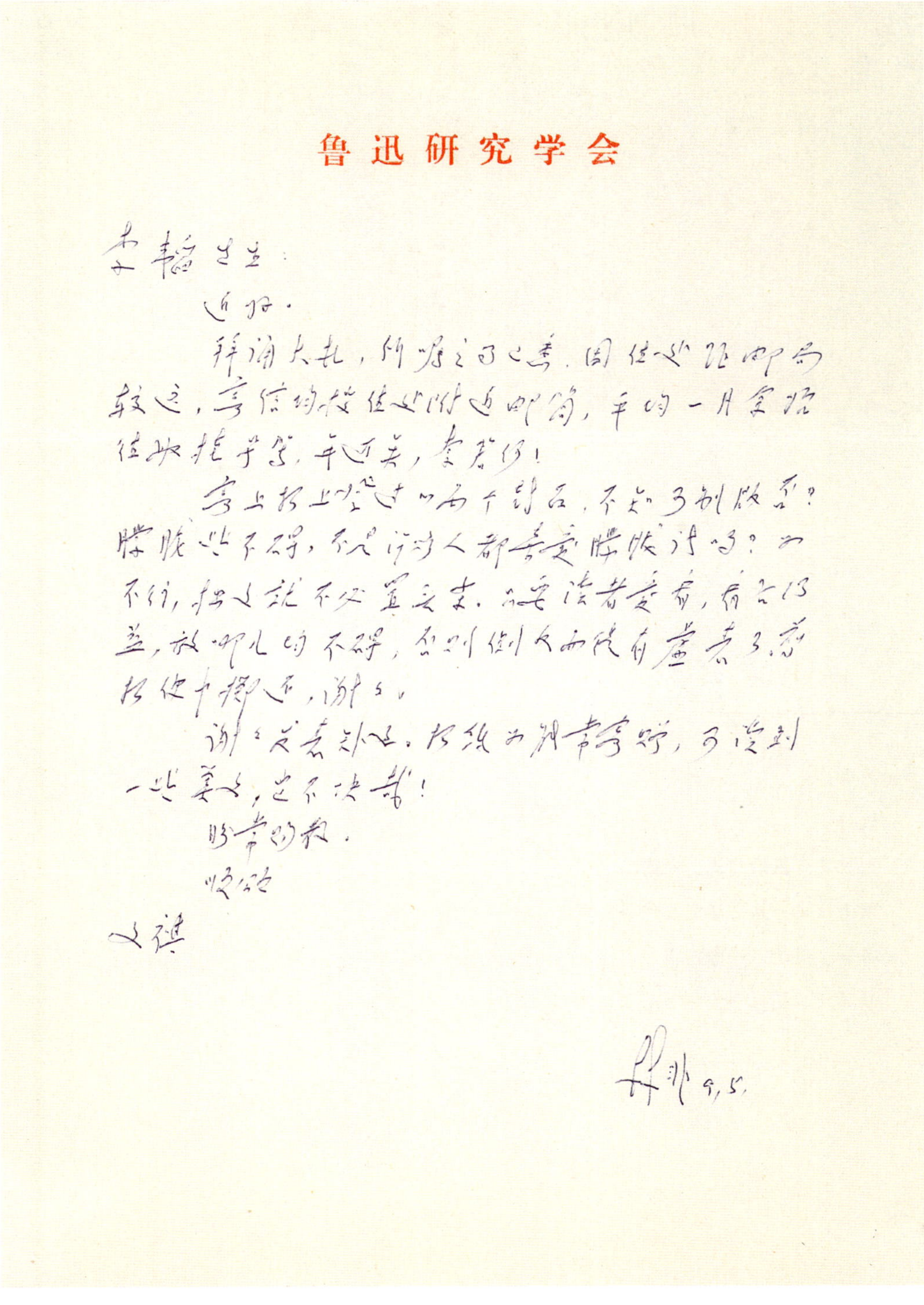

鲁迅研究学会

李辉先生：

近好。

拜读大札，所嘱之事已毕。因住处距邮局较远，写信均投住处附近邮筒，平均一月余始往取挂号，所以迟复，多原谅！

写上我上次说过的两个书名，不知可制版否？胖胖些不碍，不是所有人都喜爱胖胖的吗？如不行，把它就不必算入书。如需请者变更，有点胖，放哪儿均不碍，否则倒反而使有虚有其表之感，请代为挪正，谢谢。

谢谢您寄来书。我很想开个书店好，可以读到一些美文，岂不快哉！

盼常联系。

顺颂

文祺

林非 9.5.

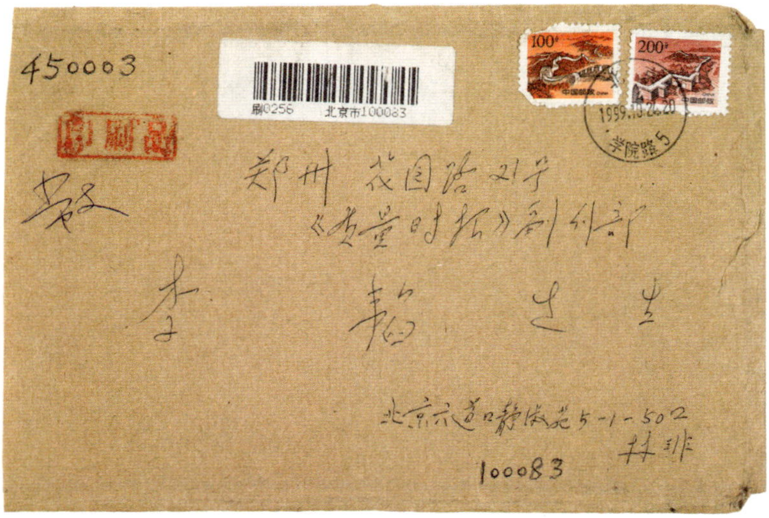

李韬先生：

近好。

大札及贵报均拜诵，谢谢。

附上短文一篇，请宽宥作补白可也。

另一小册子，存念指正。

顺颂

文祺

林非

10. 25

李韬先生：

近好。

大札及书均拜诵，谢谢。

附上拙文一篇，请审阅作补白可也。

另一小册子，请台指正。

顺颂

文祺

林非

10.25.

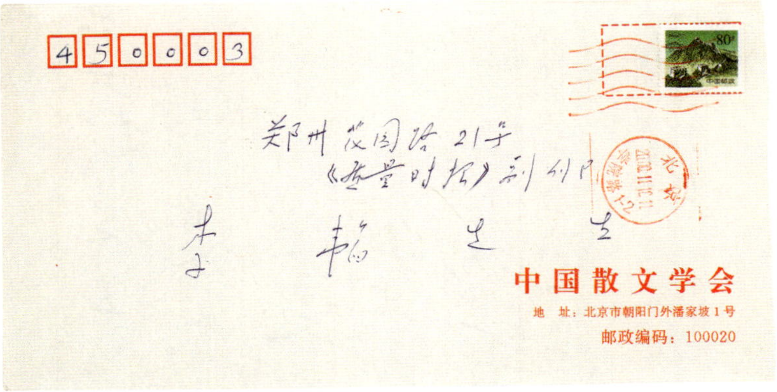

李韬先生：

近好。

先后寄来的书法精品及贵报，均已收读，谢谢。

附上新写出的短文一篇，是批评美国电视剧中暴力内容的不好倾向，借此也提醒中国的工作者切勿受此不良的影响，以免贻误广大青少年观众，这应该说是有意义的。

耑此顺颂

文祺

林非

10. 31

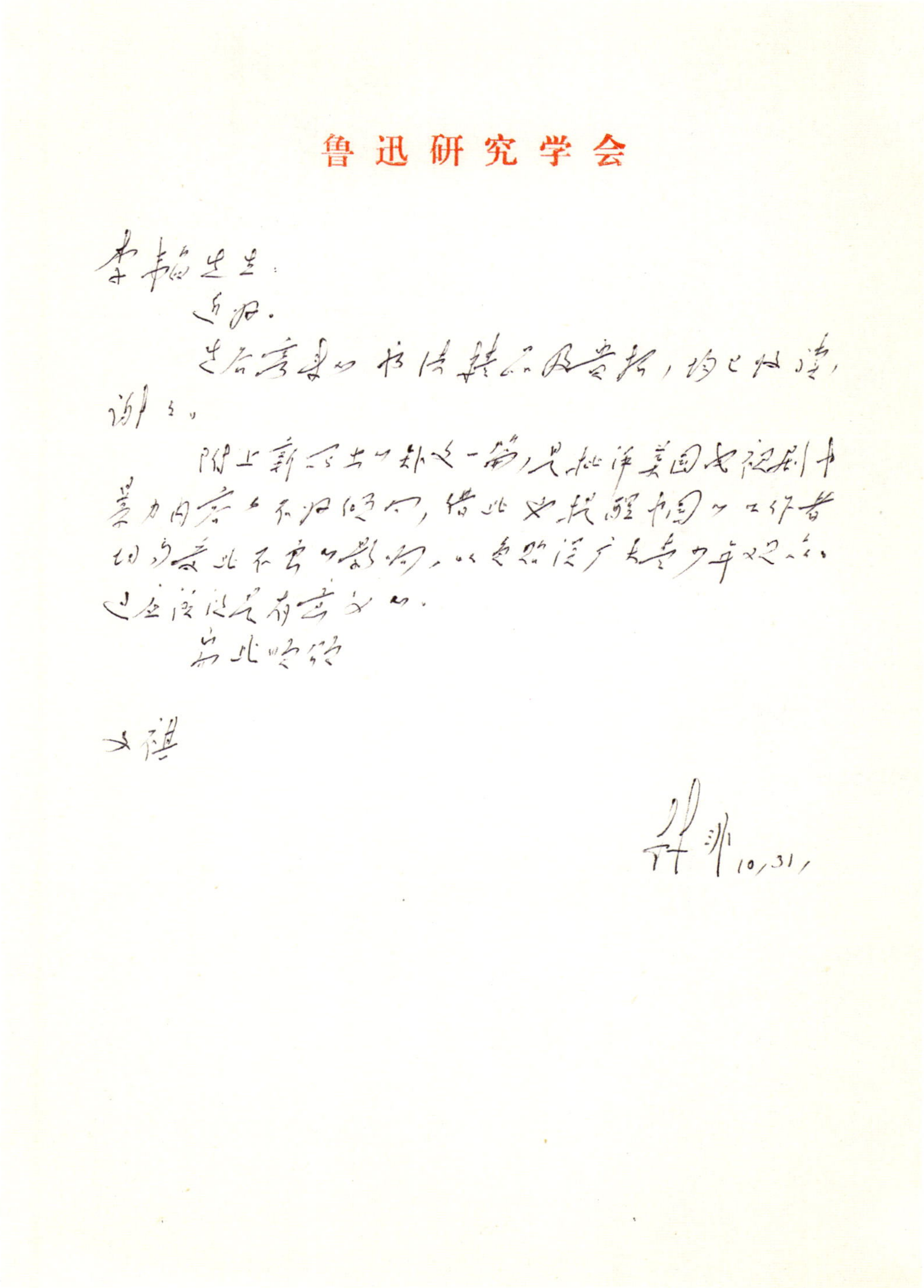
鲁迅研究学会

李辉先生：

　　您好。

　　先后寄来的书信照片及资料，均已收读，谢谢。

　　附上新写出的短文一篇，是批评美国电视剧中暴力内容的不好倾向，借此以提醒中国的工作者切勿受此不良的影响，以免戕害广大青少年的心灵，也正说明是有益之文也。

　　专此即颂

文祺

林非 10/31

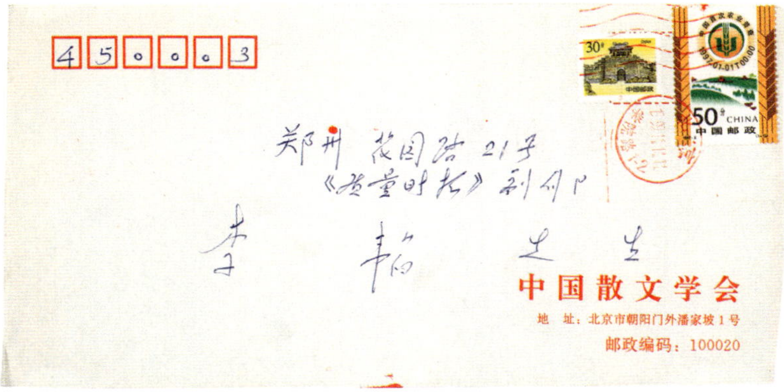

李韬先生：

近好。

拜诵华翰，言及未收到拙稿。

记得是夹在呈上的小册子中，请再勘检一下，另呈短文一篇，能否备补白？

提及之人，未联系过，也不知其地址。

盼多联络赐教。

顺颂

文祺

林非

11.14

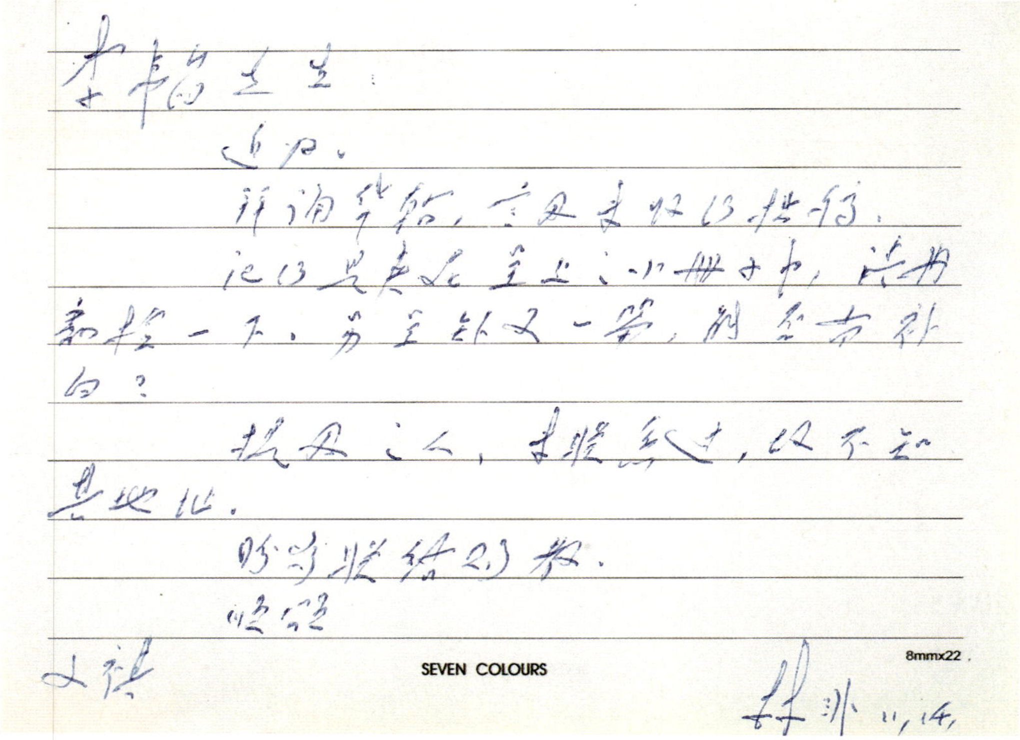

李辉先生：

近好。

拜读华翰，[illegible]。

记得是夹在[illegible]之小册子中，请再翻检一下，另写短文一篇，能否当补白？

[illegible]之人，[illegible]，故不知其地址。

盼[illegible]给[illegible]报。

匆匆

文祺

SEVEN COLOURS　8mmx22

林非 11.14.

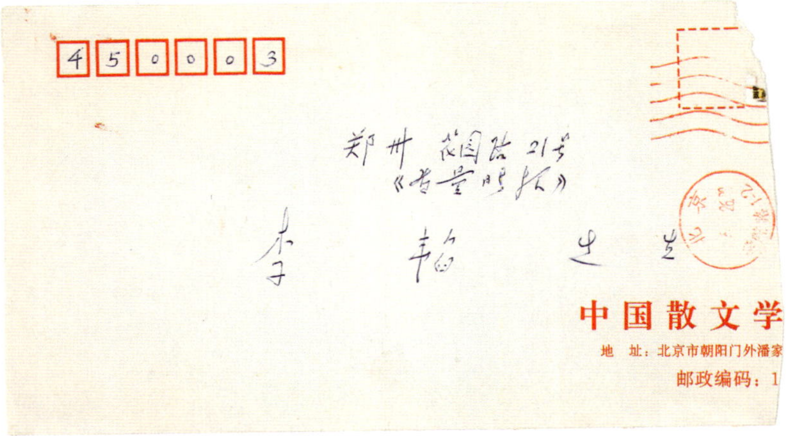

李韬先生：

近好。

在忙什么？念念。

我去南方走了两回，不久前才北归开始案头的工作。

附上短文，尝试写景与文化反思之交融，请指正。未知能备补白否？

顺颂

文祺

林非

11.18

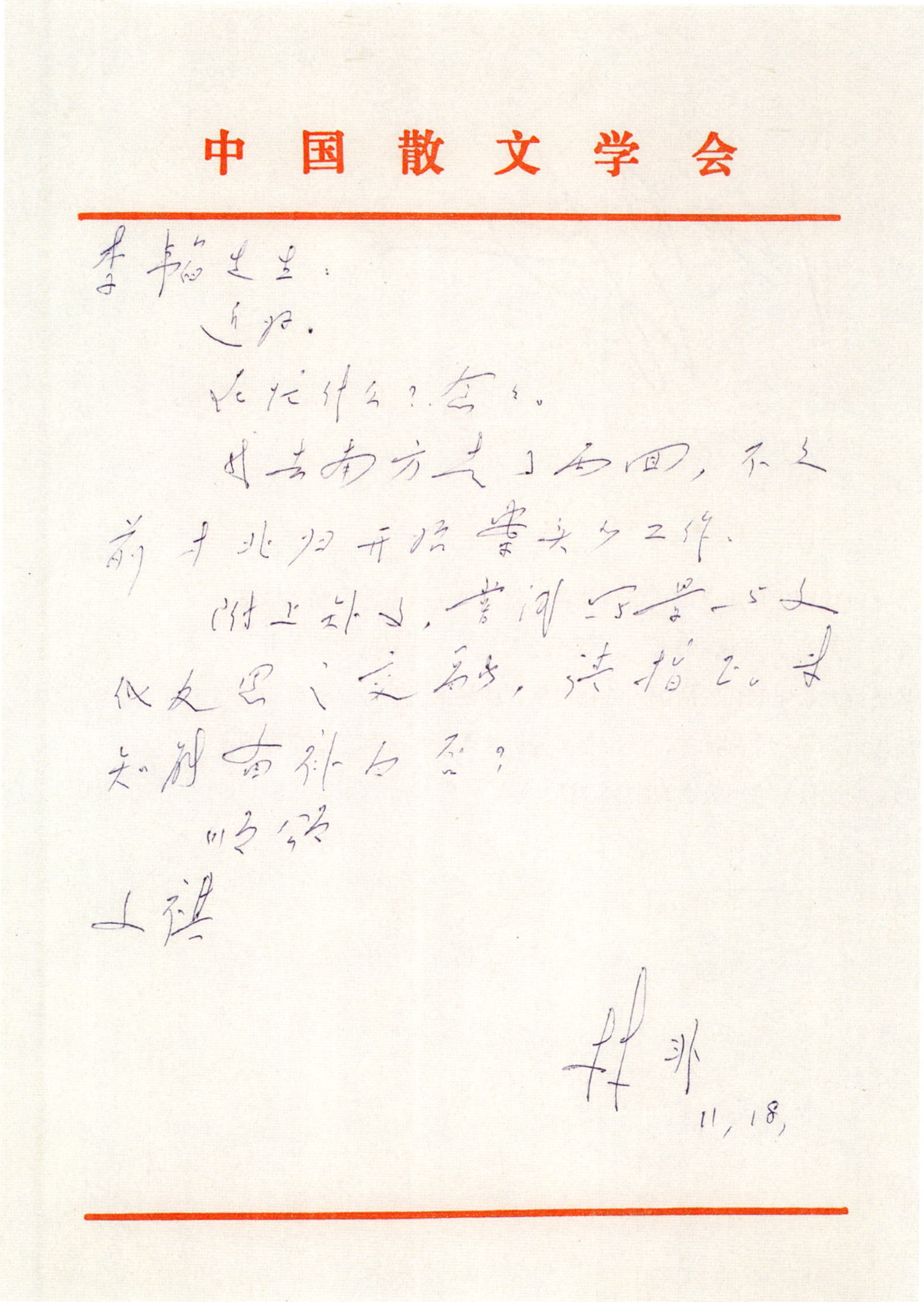
中国散文学会

李辉先生：

近好。

在忙什么？念念。

我去南方走了一圈回，不久前才北归开始案头工作。

附上拙文，曾阅写景一文似文思之交融，请指正。不知能否补白否？

顺颂

文祺

林非

11，18，

沈昌文

1931年出生于上海，曾任知名文化杂志《读书》主编。执掌《读书》期间，《读书》形成了既不乏对学术文化界的前沿思考，又坚持大众化的轻松活泼的独特风格，颇受读者欢迎。著有《阁楼人语》《八十溯往》，译作有《控诉法西斯》《列宁对全世界妇女的遗教》《出版物的成本核算》等。

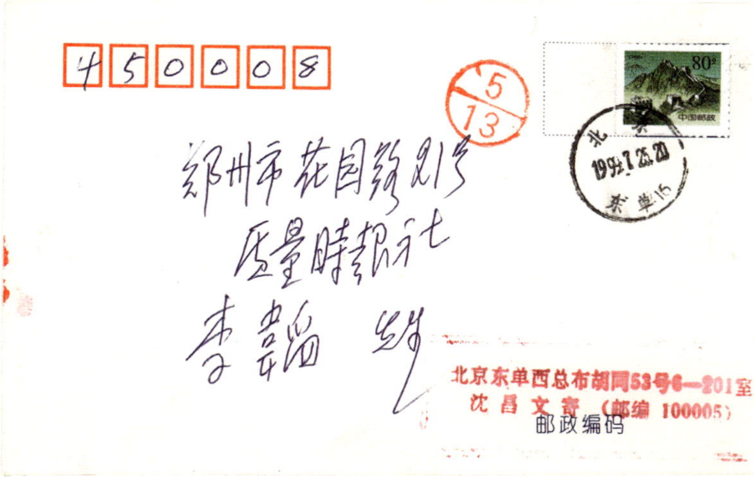

李韬先生：

惠示敬悉。因为丢失你的地址，迟复为歉！所询三人，我只知两人住处。冯先生久未见面，已经忘了住处了。祝

好！

沈昌文

1999. 7. 25

李福田先生：

惠示敬悉。因为丢失你的地址，迟复为歉！问询三人，我只知两人住址。冯姓久未见面，已经忘了住址了。祝

好！

沈昌文

1999.7.25

潘旭澜

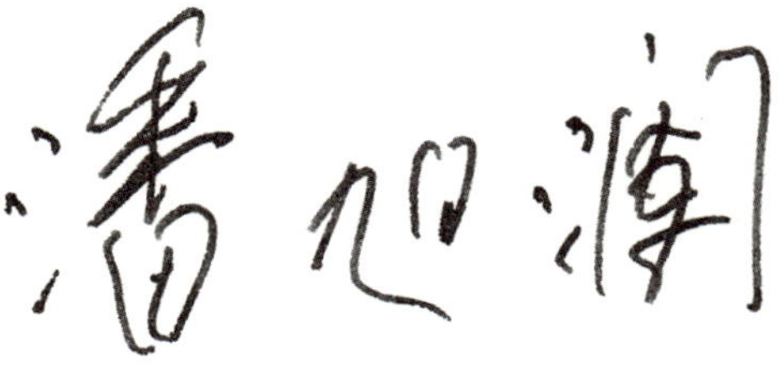

1932年出生于福建南安。历任日本关西大学文学部客座教授，复旦大学台湾香港文化研究所所长、博士生导师。著有《艺术断想》《潘旭澜文学评论选》《长河飞沫》《咀嚼世味》《小小的篝火》等。所著《太平杂说》在史学界影响甚巨。2006年7月1日在上海去世。

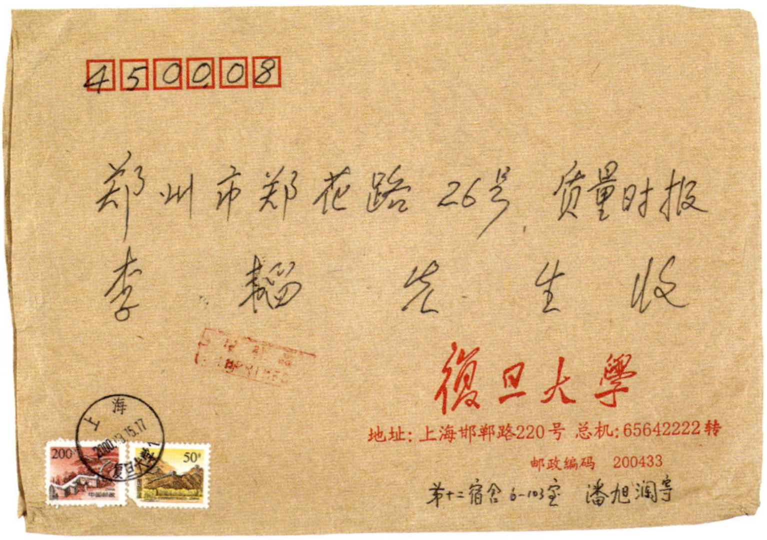

李韬先生：

大札奉悉。遵嘱寄去一稿，请阅处。我通讯处如信封下端，较为便捷。

祝

好

潘旭澜

1999.6.12

李辉先生

大札奉悉。这篇寄去一稿，请阅处。我通讯处如信封下端，较为便捷。

祝

好

潘旭澜

99.6.12

文汇新民联合报业集团　20×15=300　第　页

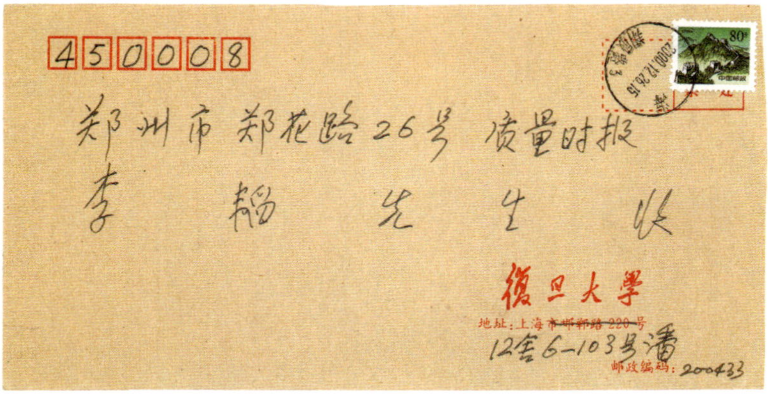

李韬先生：

你好。送孙先生书现寄上，请你转交。因一时疏忽，耽搁了几天。

顺附短稿一篇，请审处。

潘旭澜

8. 15

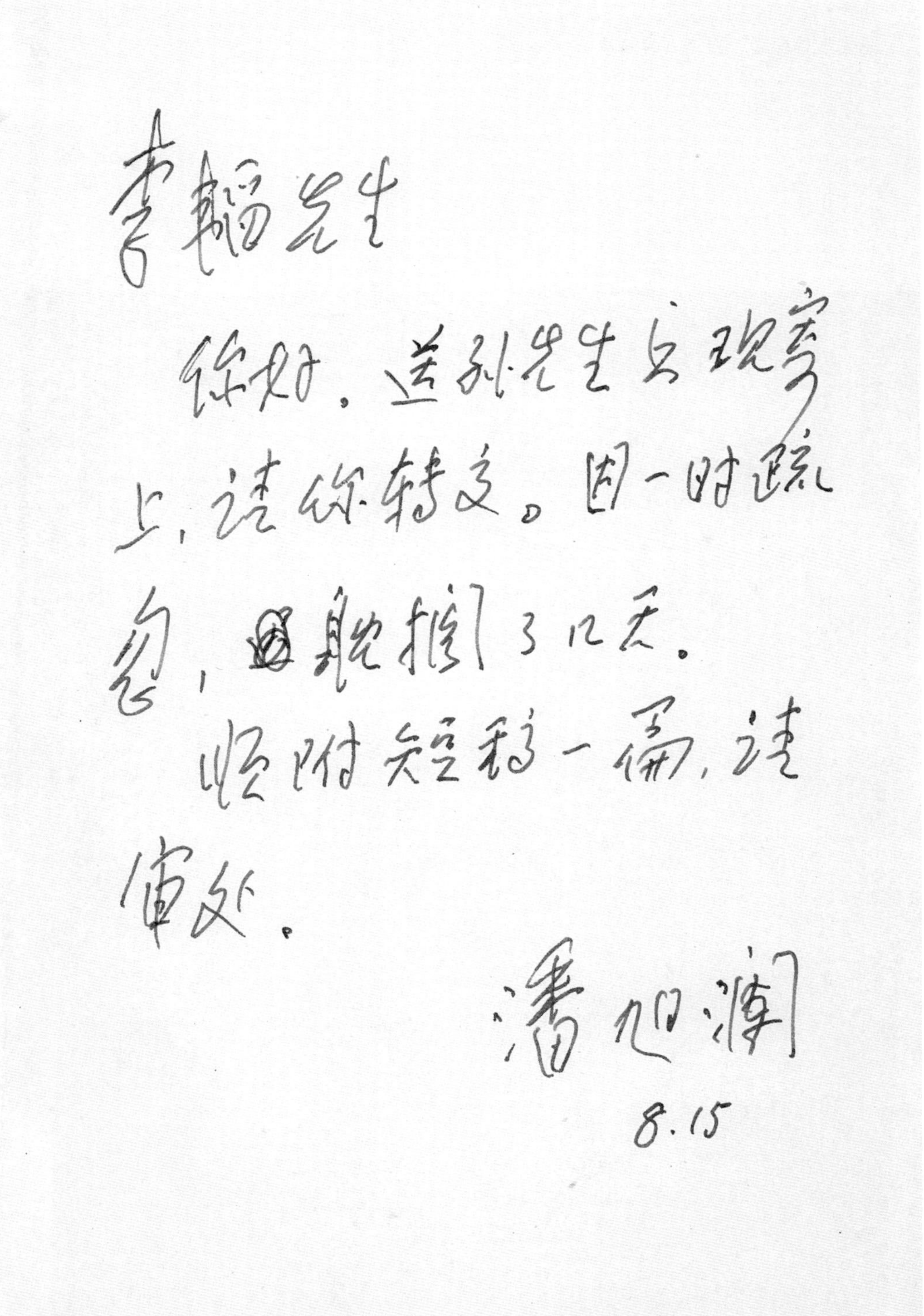

李韬先生：

你好。送孙先生文现寄上，请你转交。因一时疏忽，耽搁了几天。

顺附短稿一篇，请审处。

潘旭澜

8.15

李韬先生：

承惠大作翰墨，谢谢。自应珍重。

潘旭澜

1999. 12. 25

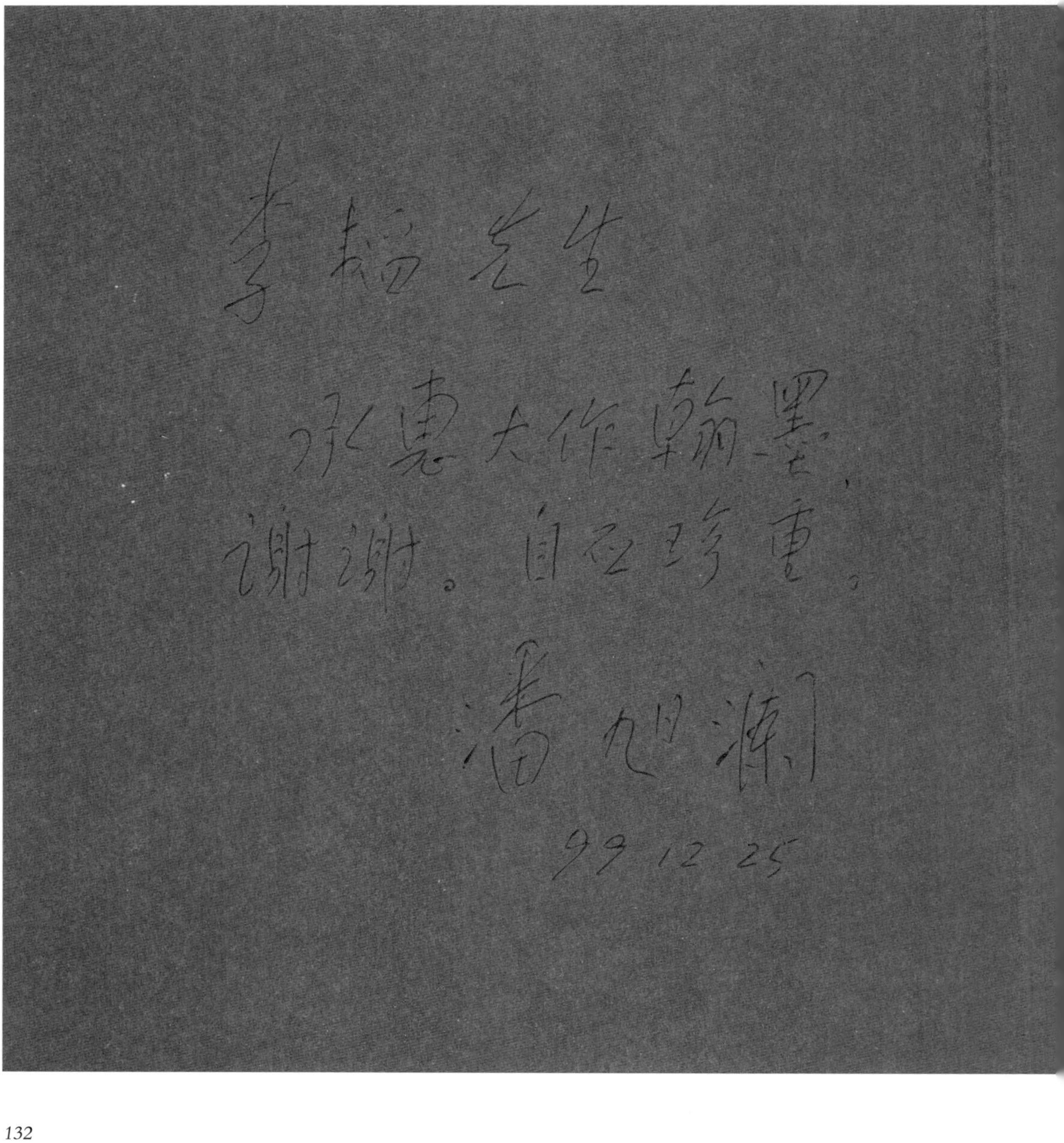

李韬先生

承惠大作翰墨，
谢谢。自应珍重。

潘旭澜

99 12 25

新春愉快
萬事吉祥

BEST WISHES FOR THE NEW YEAR

邵华泽

1933 年出生于浙江淳安。曾任人民日报社社长、北京大学新闻与传播学院院长、中国新闻摄影学会名誉会长、中国报业协会名誉会长、中国中共文献研究会顾问等职。著有《生活与哲学》《新闻评论概要》《历史转变中的思索》等，发表《充分发挥党史资政育人的作用》《党为坚持和发展毛泽东思想而奋斗的七年》等论文。

开卷

邵燕祥题

舒乙

1935年出生于青岛，中国著名文学家舒庆春（老舍）之子。历任中国现代文学馆副馆长、常务副馆长、馆长，研究馆员，博士生导师，曾担任中国博物馆学会副会长、中华民族团结进步协会常务理事、北京市民族联谊会副会长、中国和平统一促进会理事、中国老舍研究会顾问。著有《我的风筝》《现代文坛瑰宝》《老舍的平民生活》等。

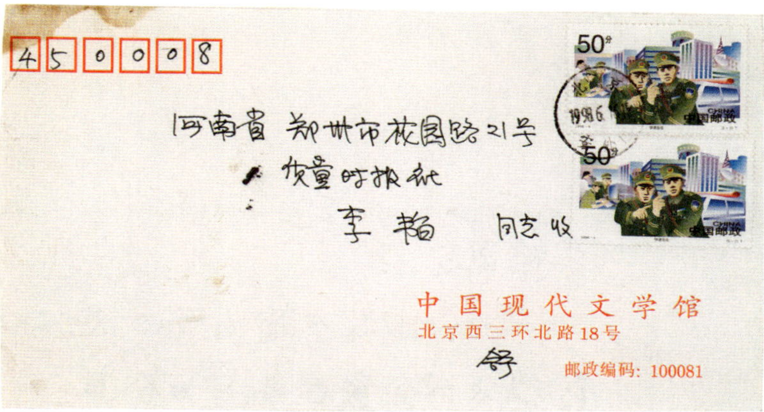

李韬同志：

寄上拙稿《新九歌》，是冰心散文集《我的家在哪里》的序。

此书最近得了鲁迅文学奖的散文奖的荣誉奖的第一名。评委们说序写得甚好，听了感到很欣慰。

此序没有发过，得你的约稿信之后，想可以给你，自信颇有“质量”。

此致

敬礼！

舒乙

1998. 6. 14

第　　页

李辉同志：

寄上拙稿《新九歌》是冰心散文集《我的家在哪里》的序。

此书最近得了鲁迅文学奖的散文类的荣誉奖的第一名。评委们说序写得甚好，我们感到很欣慰。

此序没有发过，得你的稿信之后，想可以给你，自信颇有"质量"。

此致

敬礼！

舒乙

98.6.14.

15×15＝225　　中国现代文学馆

张学正

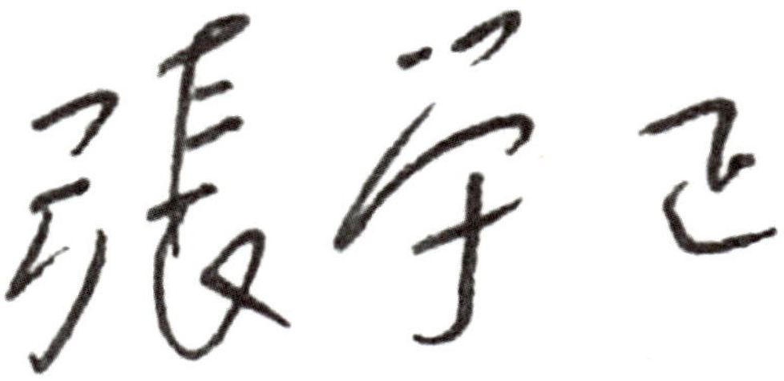

1936年出生，南开大学中文系教授、孙犁研究专家。曾任南开大学中文系当代文学教研室主任、中文系现当代文学教研室主任、中国当代文学研究会理事、中国新文学学会理事、中华文学史料学会理事、天津市当代文学研究会秘书长、天津孙犁研究会顾问等。著有《现代主义文学在当代中国》等。

李韬：

四月二十五日来信收到。信中提到托我转请孙犁先生为贵刊《开卷》题词一事，看来已不能办到。孙犁已于前几年因病住院，生活不能自理，雇二人24小时特护。我从日本讲学回国后，曾两次去医院看望他。孙老只是躺在床上似睡似醒，不仅不能写字，连说话都困难。家人与友人都希望他能在平静中度过最后的日子。

关于晚年的孙犁，我曾写过一篇《观夕阳——晚年孙犁述论》(载《当代作家评论》1998.5)，后来《新华文摘》(1998.8)予以转载。该文重点写了孙犁“文革”后，特别是1995年后创作思想、情感的重大变化及矛盾心态。可参阅。

以后如撰有拙文，将寄你。

夏祺

张学正

2000. 5. 8

今后有信函请寄家中

300071 天津市南开大学西南村44-3-610

电话及传真(022)23502286

Culture & Human Resources
NAGOYA
GAKUIN
UNIVERSITY

李韬：

四月二十五日来信收到。信中提到托我转请孙犁先生为贵刊《开卷》题词一事，看来已不能办到。孙犁已于前几年因病住院，生活不能自理，雇二人24小时特护。我从日本讲学回国后，曾两次去医院看望他。孙老只是躺在床上似睡似醒，不仅不能写字，连说话都困难。家人与友人都希望他能在平静中度过最后的日子。

关于晚年的孙犁，我曾写过一篇《观文明——晚年孙犁述论》（载《当代作家评论》1998.5），后来《新华文摘》（1998.8）予以转载。该文重点写了孙犁"文革"后、特别是1995年后创作、思想、情感的重大变化及矛盾心态。可参阅。

以后如撰有拙文，将寄上。

夏祺

張学正 2000.5.8.

今后有信函请寄家中

300071 天津市南开大学西南村44-3-610

电话及传真 (022) 23502286

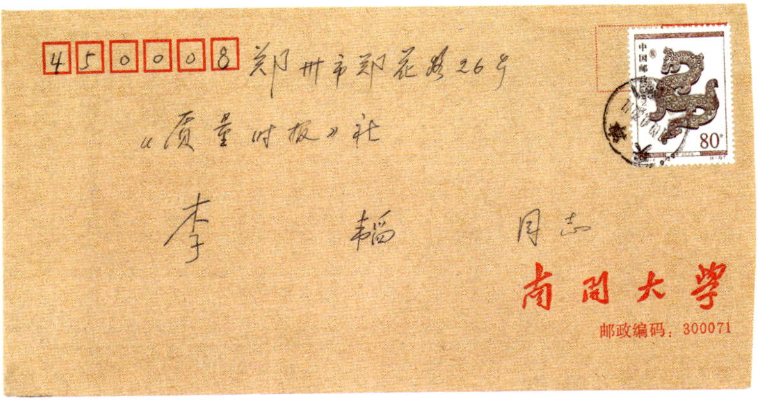

李韬：

你好。

寄来的《质量时报》收到。谢谢！

最近，山东画报出版社将孙犁粉碎“四人帮”后出的十本作品集作为套书《耕堂劫后十种》出版，为喜爱和研究孙犁的读者与专门家提供了又一部珍贵的文本。我写了一篇评介性文字，供你参考。

祝

编安

张学正

2000. 10. 29

有事可打电话或传真：（022）23502286

函件寄家里更方便：

300071　天津市南开大学西南村 44-3-610

李辉：

你好。

寄来的《质量时报》收到。谢谢！

最近，山东画报出版社将孙犁粉碎"四人帮"后出的十本作品集作为套书《耕堂劫后十种》出版，为喜爱和研究孙犁的读者与专门家提供了又一部珍贵的文本。我写了一篇评介性文字，供你参考。

祝

俪安

張学正 2000.10.29.

有事可打电话或传真：（022）23502286

函件寄家里更方便：

300071 天津南开大学西南村44-3-610

钱理群

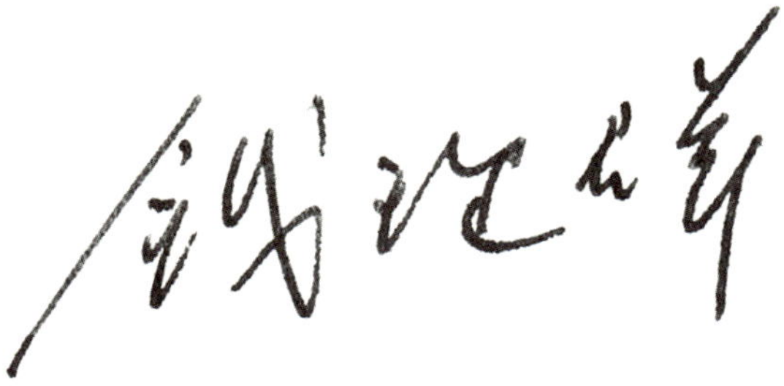

1939 年出生于重庆，北京大学中文系教授、博士生导师，中国现代文学研究会副会长，中国鲁迅学会理事。主要从事中国现代文学研究，鲁迅、周作人研究与现代知识分子精神史研究。代表作有《心灵的探寻》《与鲁迅相遇》《周作人传》《周作人论》《大小舞台之间：曹禺戏剧新论》《1948：天地玄黄》等。

李素莉同志：

你好！

先后收到你与贵报副刊部的李韬先生的来信，约我写稿，因为太忙，未及时函复，望谅。

现寄上一篇短文，如能用，就算偿还了文债；如刊登有困难，请退回就是，不必客气。

请将收到文稿一事转告李韬先生。

匆匆写此

即颂

编安

钱理群

10. 27

注：李素莉与我当年都是《质量时报》副刊部的编辑。

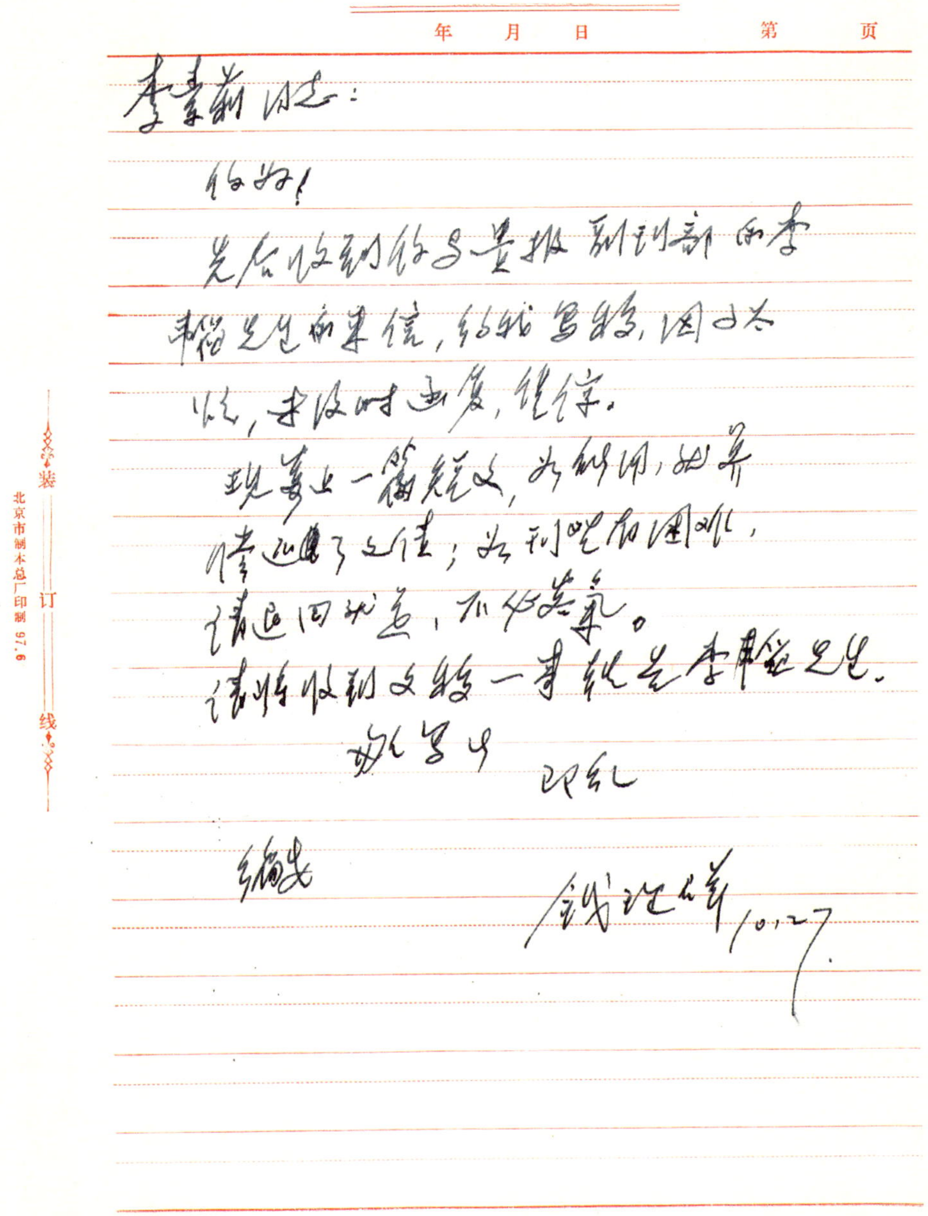
年 月 日 第 页

李素莉同志：

你好！

先后收到你与光明日报副刊部的李辉先生的来信，约我写稿，因事太忙，未及时函复，歉疚。

现寄上一篇短文，为新作，如果嫌过时之作；或刊出有困难，请退回我处，不必客气。

请将收到文稿一事转告李辉先生。

敬祝

编安

钱伟长 10.27

装 订 线

北京市制本总厂印制 97.6

陈四益

1939 年出生于四川成都，著名作家、杂文家。曾任新华社《瞭望》周刊编辑、文化编辑室主任及总编室主任、编委、副总编辑，高级编辑。著有《当代杂文选粹·东耳之卷》《绘图新百喻》《瞎操心》《绘图双百喻》《站着读与跪着读》《乱翻书》《丁丑四记》《呆是不呆》《唐诗别解》等。

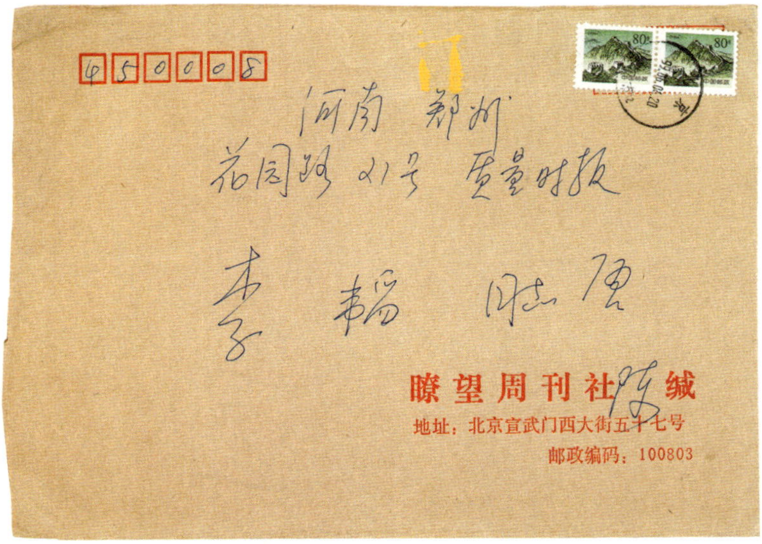

李韬同志：

遵嘱寄上几篇稿件，供择。“丁丑四记”另封寄上。

即请

编祺

四益

一九九九、六、四

即请
编祺

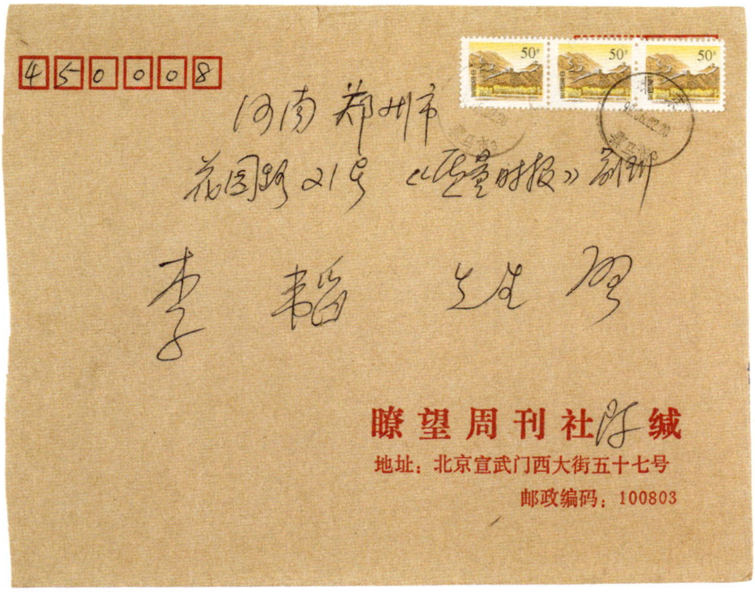

李韬先生：

承盛情约稿，非常感谢。

寄上四篇，三篇有图。若不合用，烦请掷还。如承刊用，配图之稿费请寄北京通州区潞河医院转黄永厚先生。永厚，黄永玉的弟弟，也是名画家，稿酬请勿过菲。

先生索稿甚急，现在恐怕危城已解围，我这迟到的援兵，只算凑个热闹吧。

即请

编安

陈四益

6.2

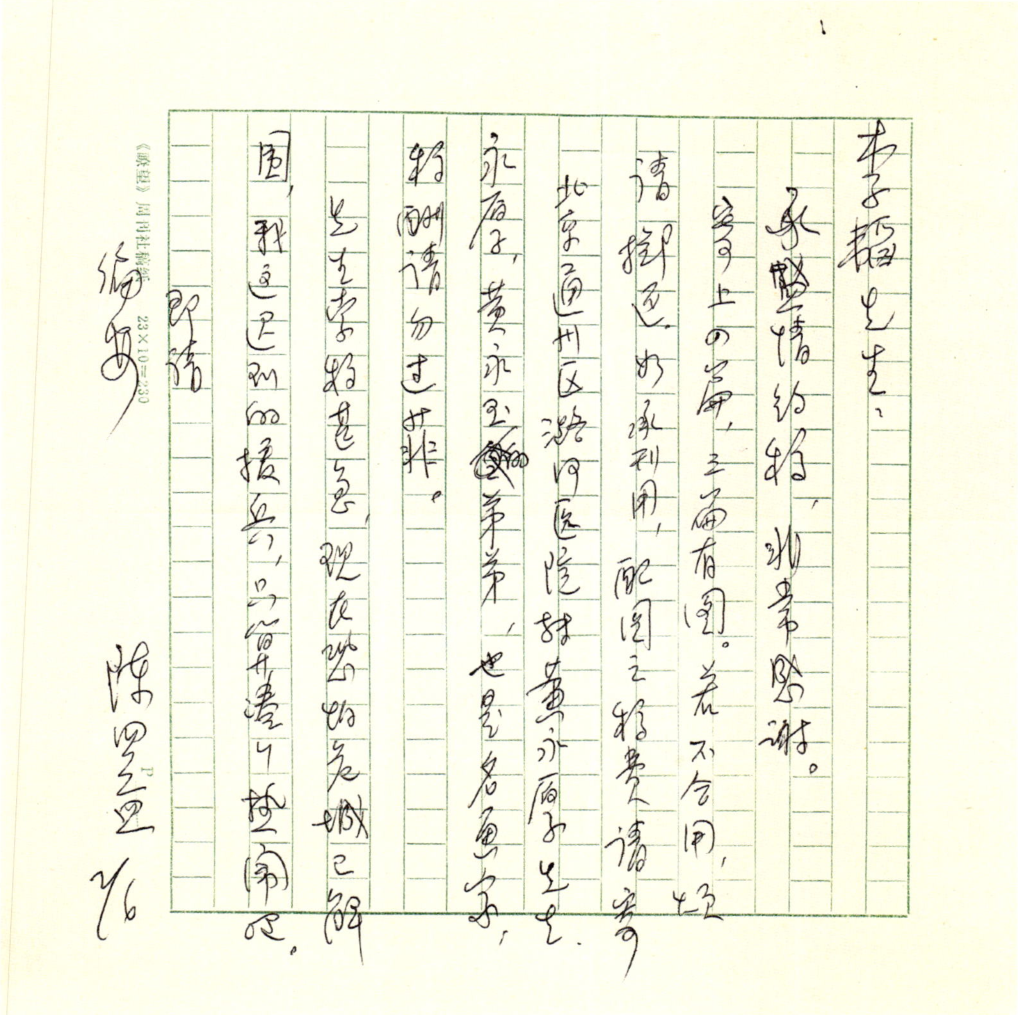
李辉先生：

承盛情约稿，非常感谢。

寄上四篇，三篇有图。若不合用，即退还。请掷还，如承利用，配图之稿费请寄北京通州区潞河医院转黄永厚先生。永厚系黄永玉弟弟，也是名画家，稿酬请分寄为荷。

先生索稿甚急，现在您的危城已解围，我这迟到的援兵，只[illegible]吧。

即请

编安

陈四益 7/6

《瞭望》周刊社稿纸 23×10=230 P

李世南

1940年出生于上海，著名画家，国家一级美术师。先后师从何海霞、石鲁，致力于现代水墨人物画的研习与创作，代表作品有《开采光明的人》《长安的思念》《南京大屠杀48周年祭》等。出版《李世南画集》《李世南画选》《李世南速写艺术集》等。

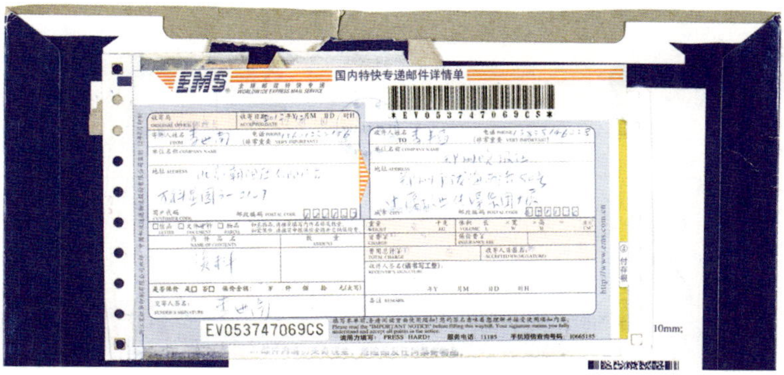

李韬：你好！

今早才见到你寄来的材料。

现将我作品的光盘寄上，内包括作品、评论、个人照片、简介。

△作品名称：

《山居系列》。

2011 年作。

纸本设色。

98cm × 60cm。

（请任选四幅刊登）

△孙明道撰写的评论一篇。

如文字过多，可节选。

△ 2012 学术成就：

2012 年完成系列作品《岁月》《如影》等四组。

△新年寄语：

祝中原同道取得更大成就。

△目前润格：

九万元一平尺。

李世南

12. 28

李韬：你好！

今早才见到你寄来的材料。

现将我作品的资料寄上，内包括作品、评论、个人照片、简历。

△作品名称：

《山居系列》。

2011年作。

纸本设色。

98cm×60cm。

（请任选四幅刊登）

△孙明道撰写的评论一篇。

如文字过多，可节选。

401

20×20=400　第　页

△ 2012学术成就：

2012年完成系列作品《岁月》、《如影》等四组。

△ 新年寄语：

祝中原问道取得更大成就。

△ 目前润格：

九万元一平尺。

[illegible]

12，28

401

20×20=400　　第　　页

张海

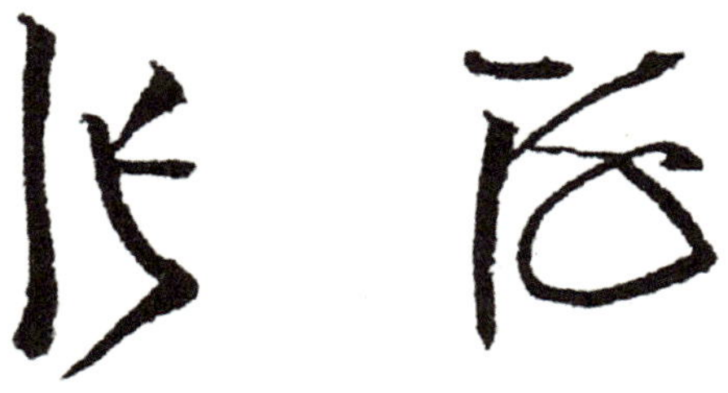

1941年出生于河南偃师，中国当代著名书法家，现任中国书法家协会名誉主席，郑州大学书法学院院长。出版《张海隶书两种》《张海书法》《张海书法作品集》《张海书增广汉隶辨异歌》《创造力的实现——张海书法展作品选》等。

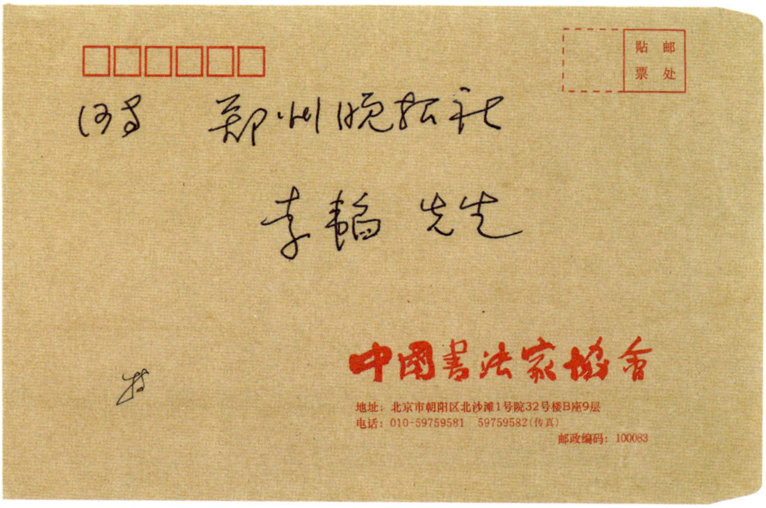

中国书协名誉主席张海贺信

《风雅颂：李韬书法作品展》即将开幕，我因事不能出席开幕式，作为朋友和同道，谨表热烈祝贺。

李韬先生日常工作繁忙，但他多年来，在做好本职工作之余，创作了这么多作品，出版了这么多著作，足见其天份（分）和勤勉。李韬先生虽非专业书法家，但在童子功的基础上日课不辍，坚持临池，广泛涉猎，博采众长，逐步形成了自己的艺术语言；加之所书多为自己的诗词歌赋和贴近时代的独特感悟，发人深思，令人耳目一新。

李韬先生之所以有今日诸多光环，这是他修身、修心、修为的结果。他正值盛年，深信他一定会将此展作为新的起点和契机，今后一定会取得更加令人钦羡的成果。

预祝展览圆满成功！

张海

2017年5月18日

中國書協名譽主席張海
賀信

《風雅頌：李韜書法作品展》即將開幕，我因事不能出席開幕式，作為朋友和同道，謹表熱烈祝賀。

李韜先生日常工作繁忙，但他多年來，在做好本職工作之余，創作了這麽多作品，出版了這麽多著作，足見其天份和勤勉。李韜先生雖非專業書法家，但在童子功的基礎上日課不輟，堅持臨池，廣泛涉獵，博採眾長，逐步形成了自己的藝術語言；加之所書多為自己的詩詞歌賦和貼近時代的獨特感悟，發人深思，令人耳目一新。

李韜先生之所以有今日諸多光環，這是他修身、修心、修為的結果。他正值盛年，深信他一定會將此展作為新的起點和契機，今後一定會取得更加令人欽羡的成果。

預祝展覽圓滿成功！

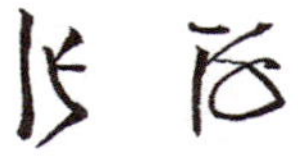

2017年5月18日

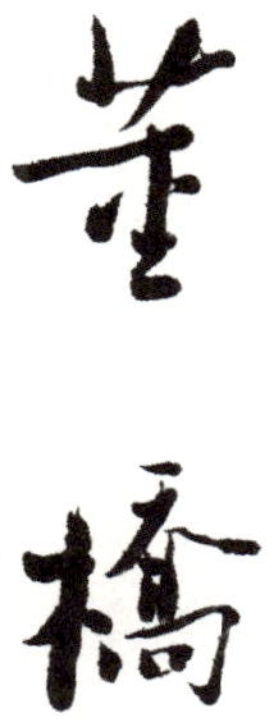

1942年出生于福建晋江，香港著名报人、作家，曾任《明报》总编辑、《读者文摘》总编辑、《明报月刊》总编辑。出版《双城杂笔》《这一代的事》《从前》《小风景》《白描》等30余部作品。

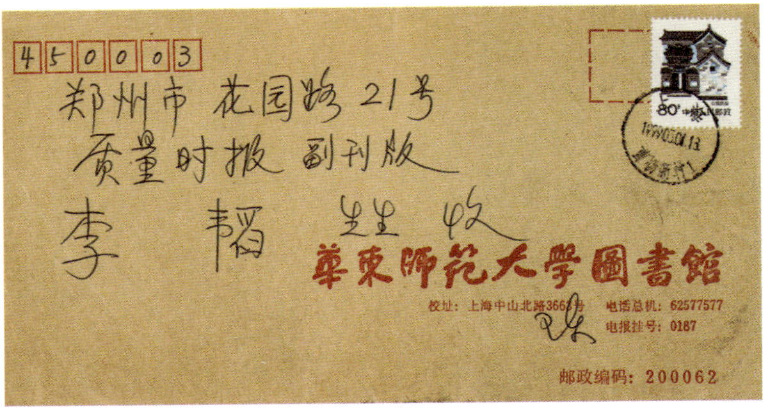

李韬兄：

大札并样报先后均悉，至感！

已请董桥先生题签，现寄上，供选用。我的感想稍后再寄上（董先生太忙，感想就不写了，又及）。

我与金庸先生无交往，陶杰先生素不为人题签，不便勉强，祈谅。

再请，祝

编安！

子善

3. 1

注：董桥先生题签是陈子善先生帮我代求的。

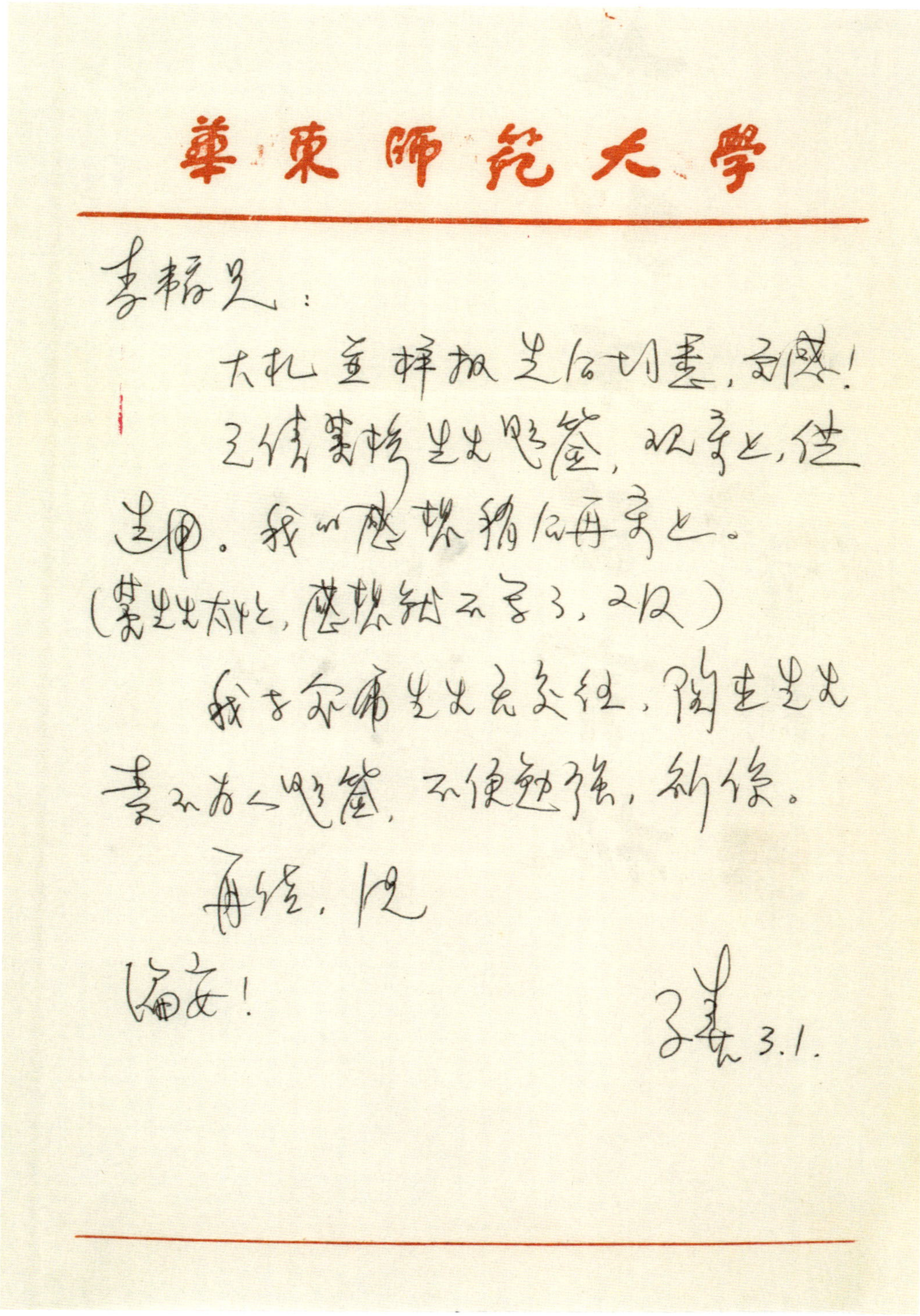
華東師範大學

李辉兄：

大札并样报先后均悉，谢谢！

已请黄裳先生题签，现寄上，供选用。我的感想稍后再寄上。（黄先生太忙，感想就不写了，又及）

我与余雨先生无交往，陶然先生素不为人题签，不便勉强，歉疚。

再续，颂

编安！

子善 3.1.

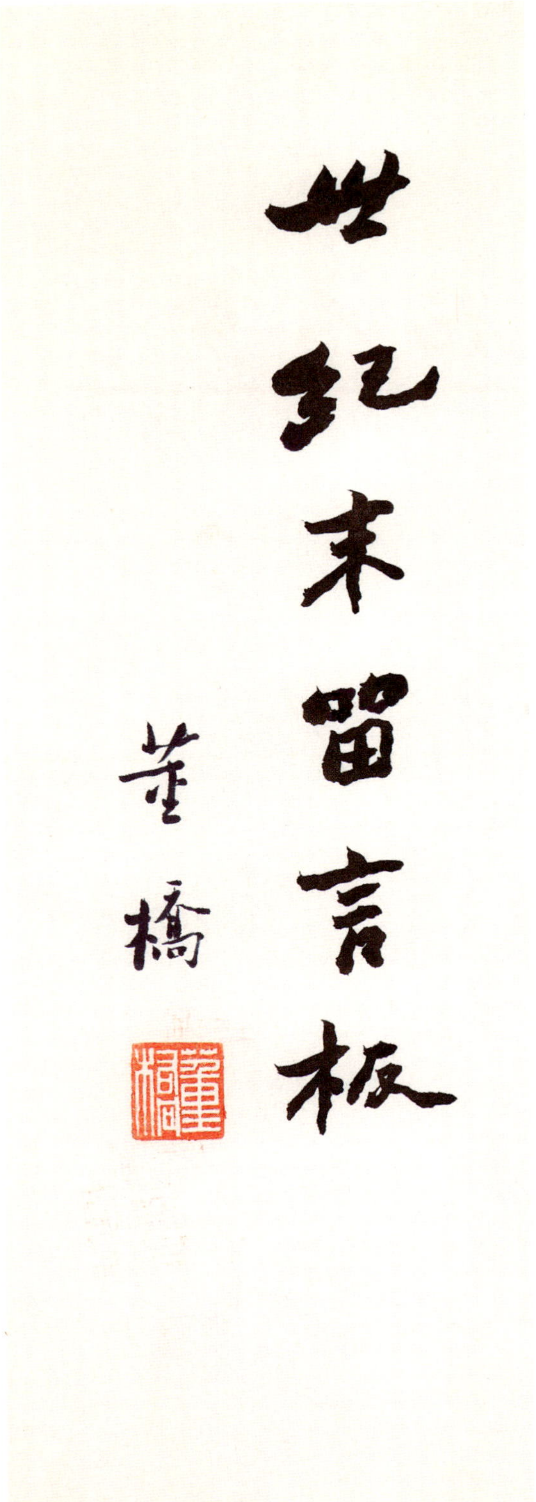
世紀末留言板
董橋
董橋

李振生

1945年出生于北京，作家、书法家。热爱文学与写作，尤其钟爱历史，对名人故事、历代掌故、稗官野史、文坛旧闻等多有研究，并涉笔成趣，文字曾发表于《北京晚报》《羊城晚报》《今晚报》《名人传记》等报刊。

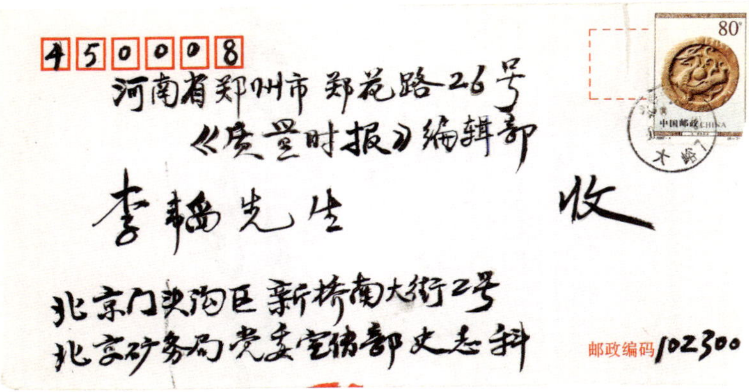

李韬先生：

您好！

八月二十五日来信收到，迟复为歉。

来信称贵报办“开卷”版，欲请北师大钟敬文教授题字。十月十四日，北师大召开百年校庆筹备会，我是理事，届时见到钟老，让他题写，我想问题不大。如写好，当及时告知并寄上。我家住北京门头沟区大峪南路35楼15层1号，电话69832347。

即祝

编安！

李振生

十月一日

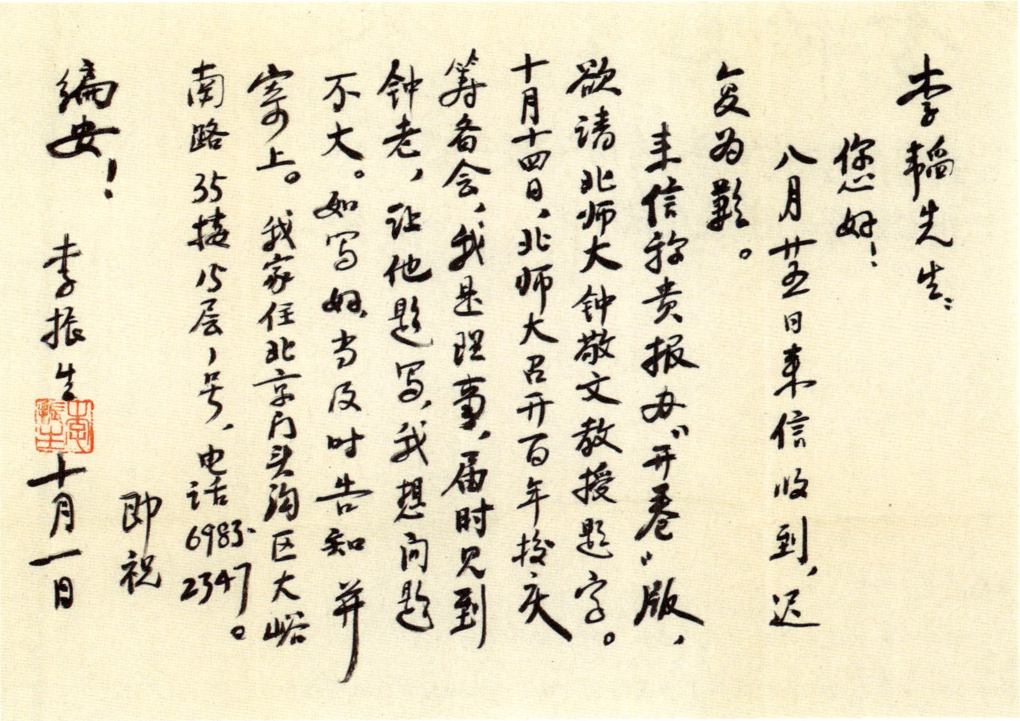

李輪先生：

您好！

八月廿五日来信收到，迟复为歉。

来信称贵报办"开卷"版，欲请北师大钟敬文教授题字。十月十四日，北师大召开百年校庆筹备会，我是理事，届时见到钟老，让他题写，我想问题不大。如写好，当及时告知并寄上。我家住北京门头沟区大峪南路35楼15层1号，电话6983-2347。

即祝

编安！

李振生

十月一日

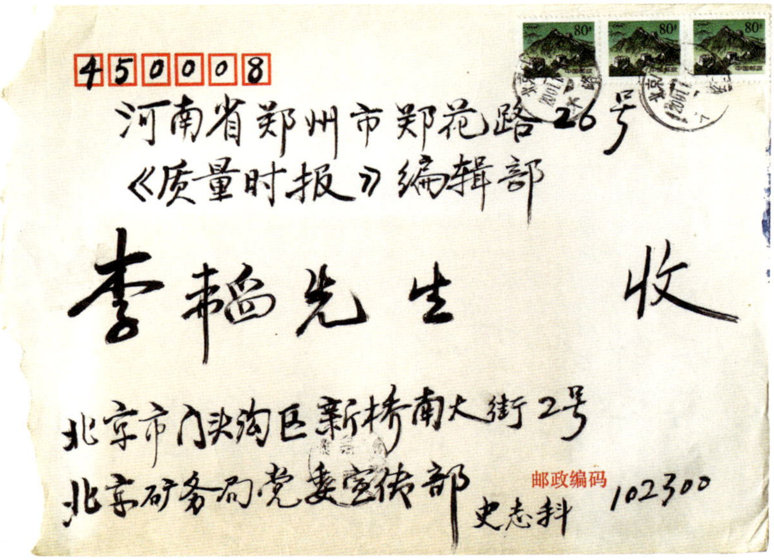

李韬先生：

您好！为的是去年秋天我已退休，所以颇徬（彷）徨了一阵。年底逐渐安定下来，为此抓时间写了一些稿子，如《郑板桥与袁枚虹桥相会》等，写文人相亲，写文人苦旅，写文人先知，写学者苦作……现一并寄上，请酌处。

去年底，北师大举行郭预衡先生研讨会，我参加了，现将启功先生题词、钟敬文先生题词（联语挥毫辛劳常代我，散文有史创建首推君）、红学家冯其庸先生画的葫芦照片寄上，作为纪念。我的通讯地址如信封，家电 69832347。祝

春节快乐！

李振生

一月六日

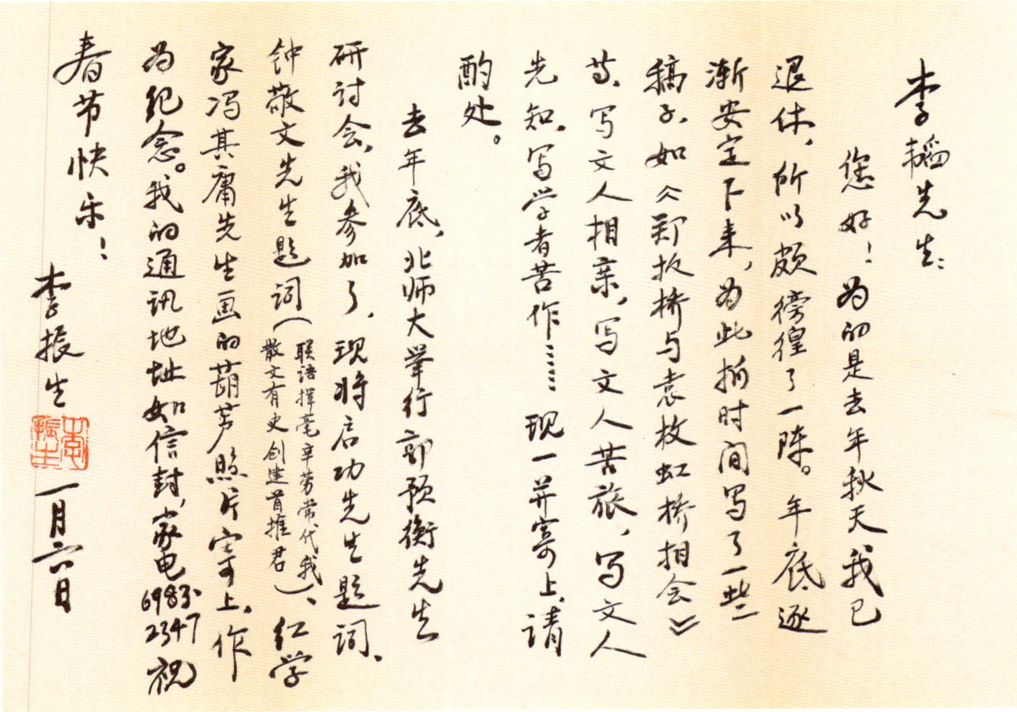
李辐先生：

您好！为的是去年秋天我已退休，所以颇彷徨了一阵。年底逐渐安定下来，为此抽时间写了一些稿子，如《郑板桥与袁枚虹桥相会》等、写文人相亲、写文人苦旅、写文人先知、写学者苦作…… 现一并寄上，请酌处。

去年底，北师大举行郭预衡先生研讨会，我参加了。现将启功先生题词、钟敬文先生题词（联语挥毫辛劳常代我 散文有史创建首推君）、红学家冯其庸先生画的葫芦照片寄上。作为纪念。我的通讯地址如信封，家电69832347 祝

春节快乐！

李振生

一月六日

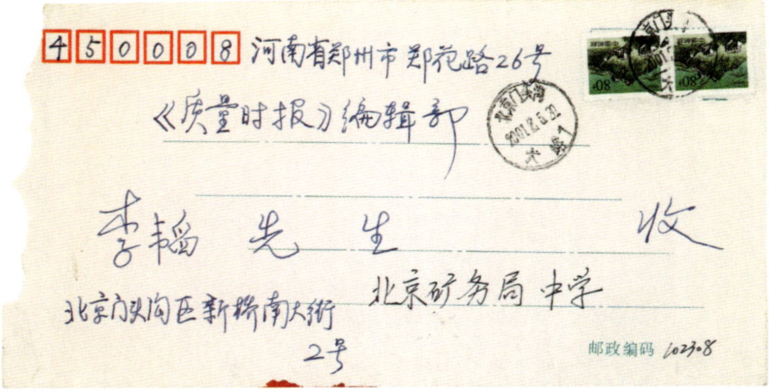

李韬先生：

您好！

一个月前，今年1月6日，曾寄去“张竞生”“李苦蝉（禅）”“黎锦晖”“王利器”“郑板桥与袁枚”5稿，想已经收到了吧！

现将“杨晦”“刘海粟”二稿寄上，请酌处。

即祝

安好！

李振生

2001年2月4日

李韬先生：

您好！

一个月前，今年1月6日，曾寄去"张竞生"、"李苦蝉"、"黎锦晖"、"王利器"、"郑板桥与袁枚"5稿，想已经收到了吧！

现将"杨晦"、"刘海粟"二稿寄上，请酌处。

即祝

安好！

李振生

2001年2月4日

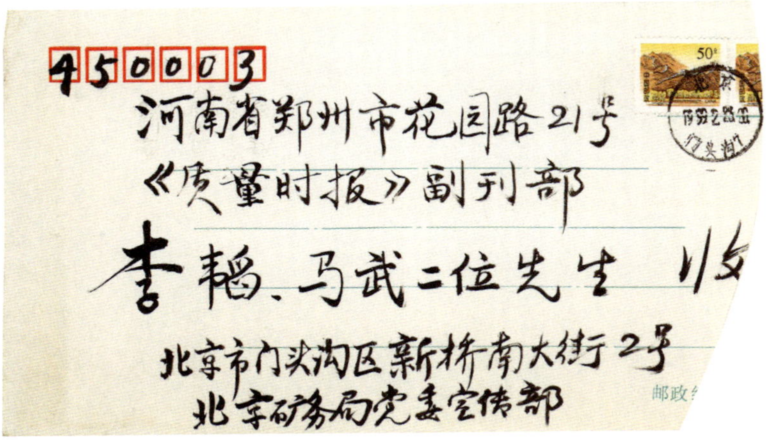

李韬、马武先生：

你们好！去年九月二十三日贵报刊登刊拙稿《黄牛人生》，我复印后已寄钟敬文教授，老人家很高兴。现将新稿《女儿幼年时》（已留底稿）寄上，请酌处。

即祝

新春快乐！

李振生

二月二十二日

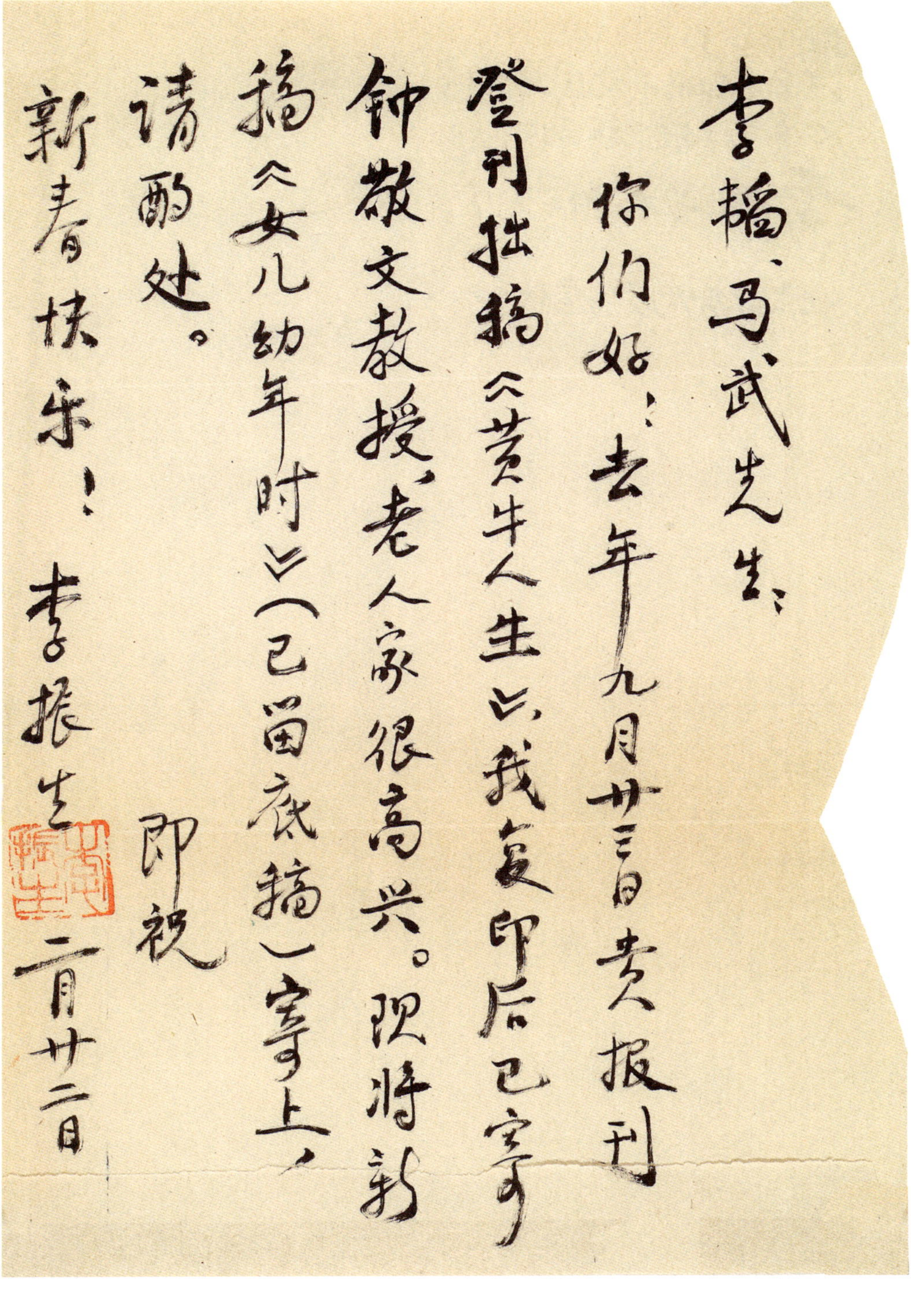
李韬、马武先生：

你们好！去年九月廿三日贵报刊登刊拙稿《黄牛人生》，我复印后已寄钟敬文教授，老人家很高兴。现将新稿《女儿幼年时》（已留底稿）寄上，请酌处。

即祝

新春快乐！

李振生

二月廿二日

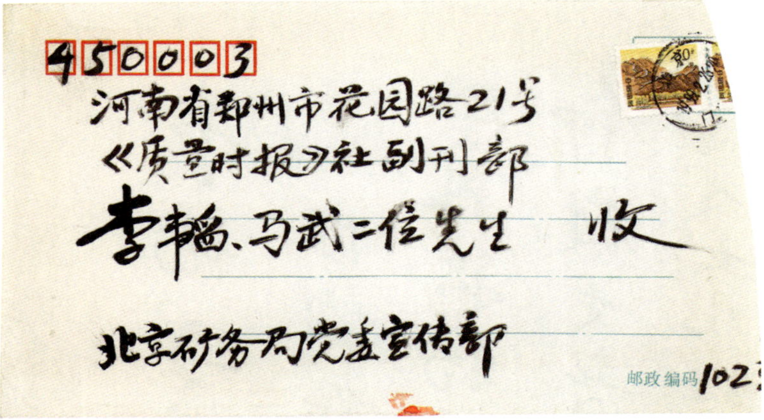

李韬、马武二先生：

春节刚过，拜个晚年吧！今寄上《红薯县官谢仲坑》《梁启超治学鳞爪》，敬请酌处。

即祝

春安！

李振生

二月二十五日

李輻、马武二先生：

春节刚过，拜个晚年吧！今寄上《红薯县官谢仲坑》、《梁启超治学鳞爪》，敬请酌处。

即祝

春安！

李振生 二月廿五日

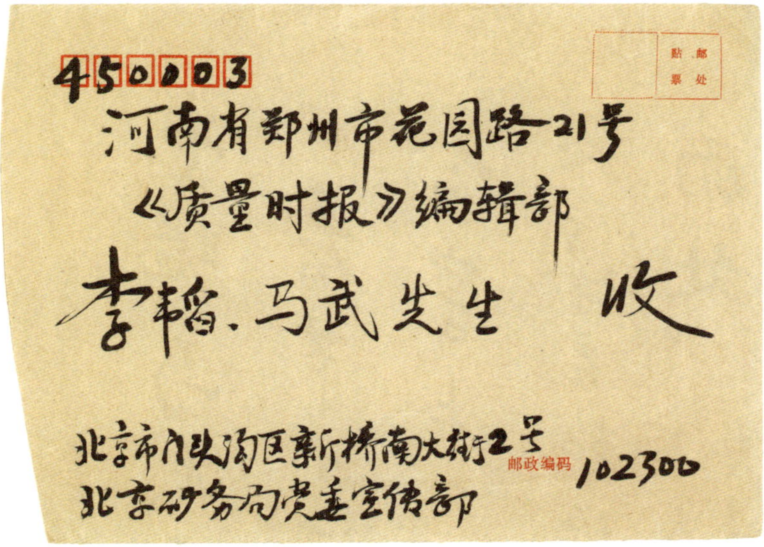

李韬、马武二位先生：

你们好！

今年二月，曾寄《女儿幼年时》、“谢仲坑”“梁启超”三稿，今寄“李苦禅”“郑板桥与袁枚”“陈寅恪”稿，请酌处。

即祝

大安！

李振生

四月三日

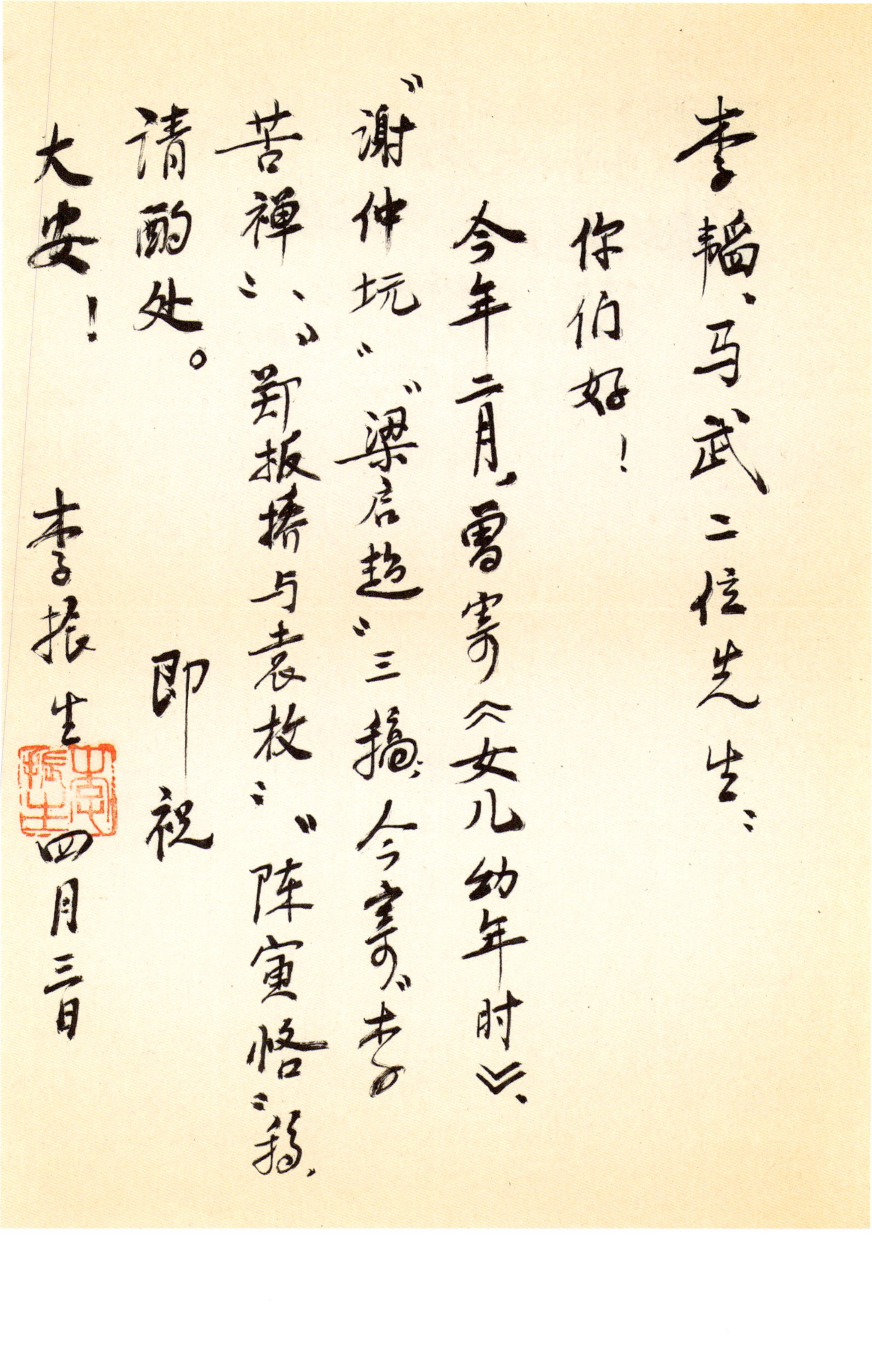

李韬、马武二位先生：

你们好！

今年二月，曾寄《女儿幼年时》、"谢仲坑""梁启超"三稿，今寄"李苦禅"、"郑板桥与袁枚"、"陈寅恪"稿，请酌处。

即祝

大安！

李振生

四月三日

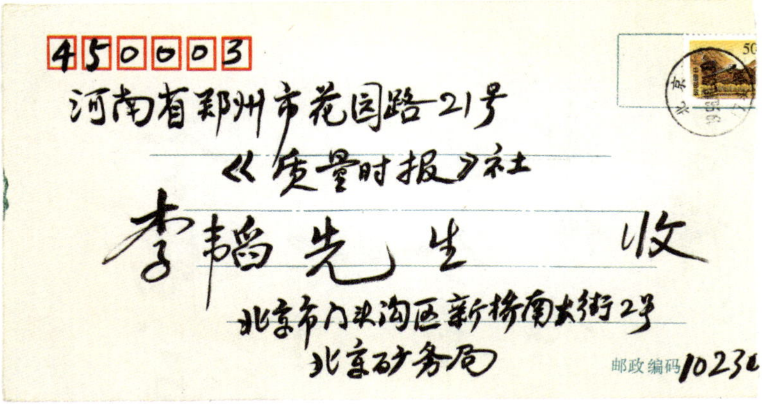

李韬先生：

您好！

寄贵刊拙稿《黄牛人生》样报及50元稿费均收到，谢谢！即祝

大安！

李振生

十月三十日

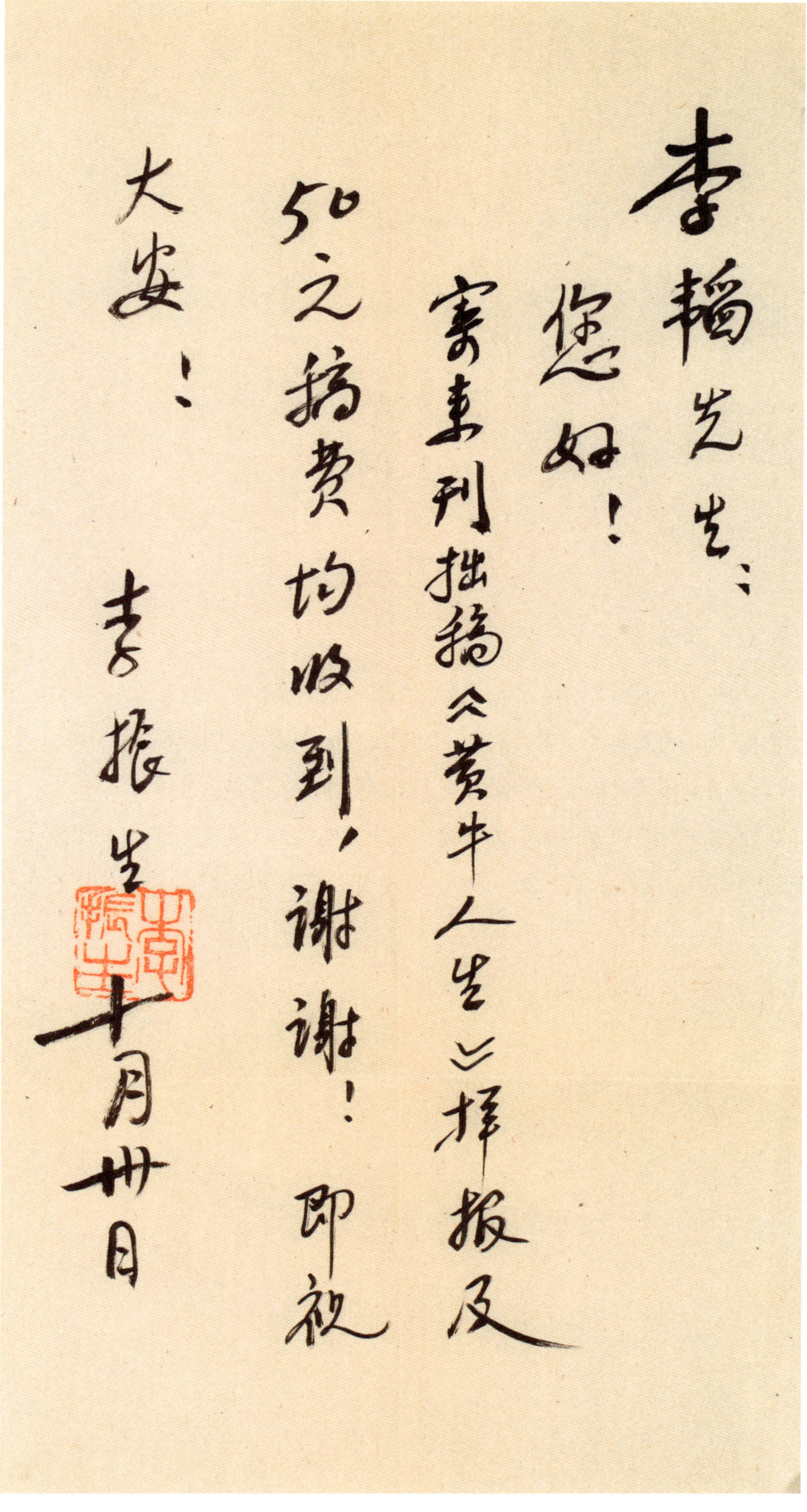
李韬先生：

您好！

寄来刊拙稿《黄牛人生》拜报及50元稿费均收到，谢谢！即祝

大安！

李振声

十月卅日

梁晓声

1949 年出生于哈尔滨，原名梁绍生。当代著名作家，曾创作出版过大量有影响的小说、散文、随笔及影视作品，是中国现当代以知青文学成名的代表作家之一，相继创作了《这是一片神奇的土地》《今夜有暴风雪》《雪城》《师恩难忘》《年轮》等。长篇小说《雪城》入选“新中国 70 年 70 部长篇小说典藏”。

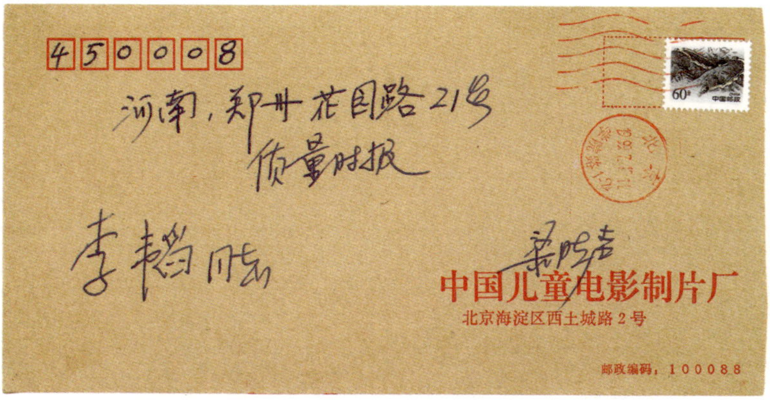

李韬同志：

您好！寄的报及信收到了，谢谢您的认真。书出来后责编才发现我名字错了一个字。这种情况当然不是作者们马虎到竟会写错名字的程度，电稿排字不认真，编辑亦不认真。发现后书都收回了，却有少部份（分）卖出，其中一本到了您手中，奈何?

其实，我不喜欢把书的封面做成那么花哨。粗看了一遍，内中错字、错词、病句仍不少呢！我已亲自又校了一本。

贵报的副刊很有质量，不愧是质量时报的副刊。我想，这肯定是文弟的敬业与热忱的成果……

我因颈椎病重，家事多多，目前又在艰难地完成一部厂里交给的剧本任务，一时期内，肯定难承文兄厚爱，竟会很快写出什么东西寄您。您看，连写这样一封信，手也抖，字也写不好，请文弟体恤。

但我会牢记，以后颈椎稍好，且有心情时，当会认真写篇东西汇报的。

此致

顺颂编祺。

晓声

7.13 忙草

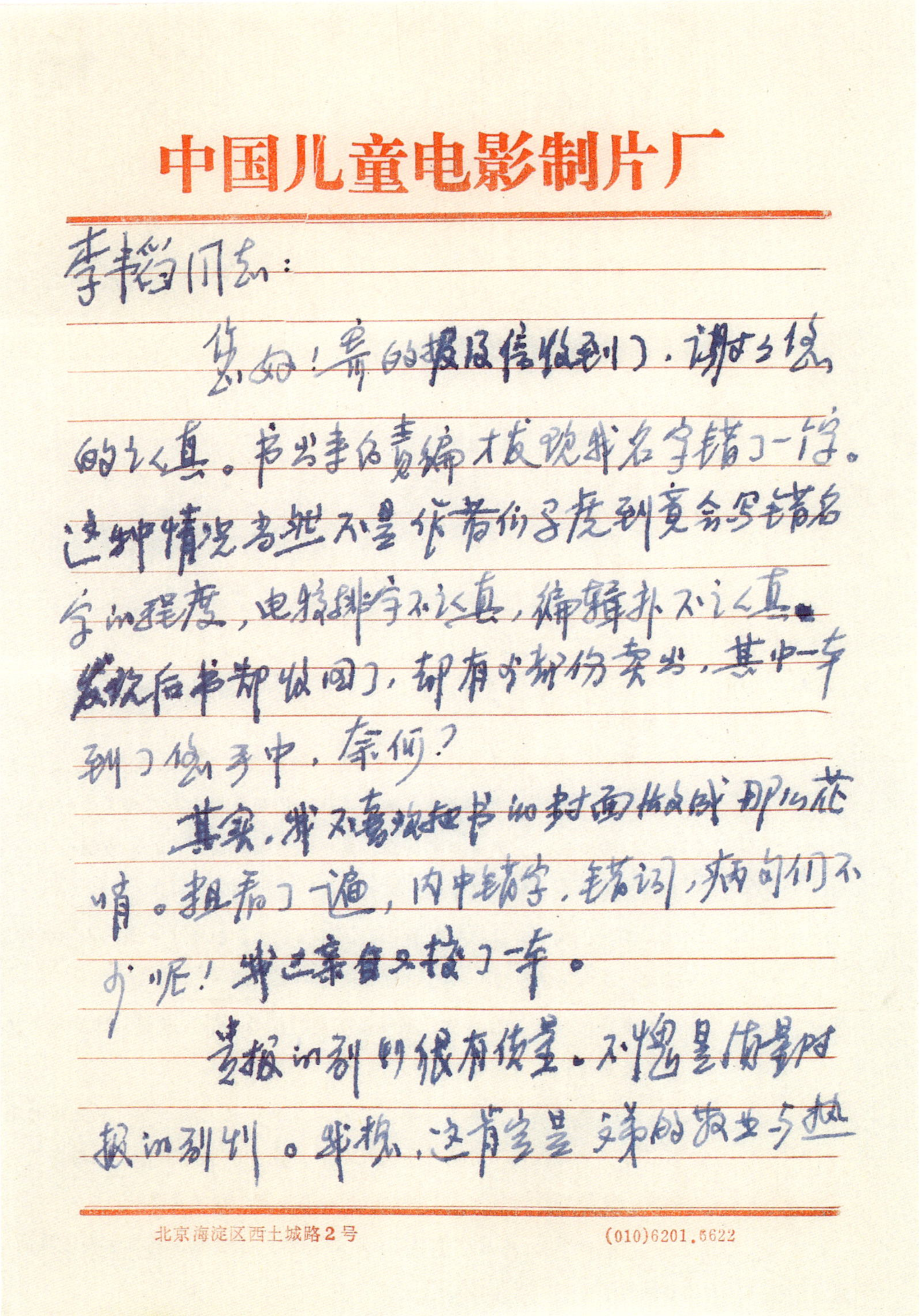
中国儿童电影制片厂

李韬同志：

您好！寄的报及信收到了。谢谢您的认真。书出来后责编才发现我名字错了一字。这种情况当然不是作者所予虑到竟会写错名字的程度，电脑排字不认真，编辑排不认真。发现后书都收回了，却有少部份卖出，其中一本到了您手中，奈何？

其实，我不喜欢把书的封面做成那么花哨。粗看了一遍，内中错字、错词、病句仍不少呢！我亲自又校了一本。

贵报的副刊很有份量。不愧是侨报的副刊。我想，这肯定是主编的付出与热

北京海淀区西土城路2号　　(010)6201.6622

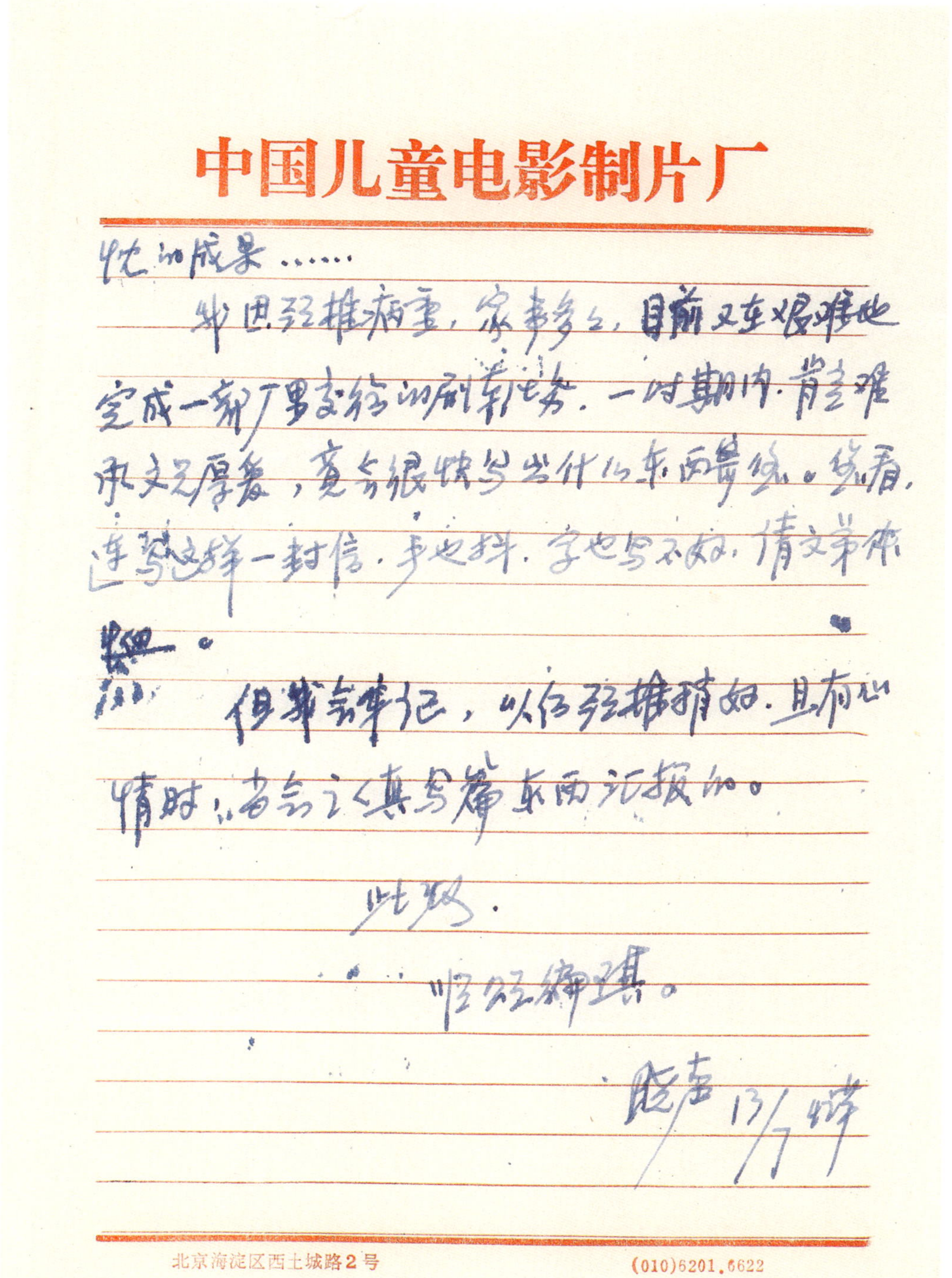

中国儿童电影制片厂

忱的成果……

我因颈椎病重，家事多多，目前又在艰难地完成一部厂里交给的剧本任务，一时期内，肯定难承文兄厚爱，竟会很快写出什么东西来奉给。您看，连写这样一封信，手也抖，字也写不好，请文兄体谅。

但我会牢记，以后颈椎稍好，且有心情时，当会认真写篇东西汇报的。

此致

恒好编祺。

晓声 13/7

北京海淀区西土城路2号　　(010)6201.6622

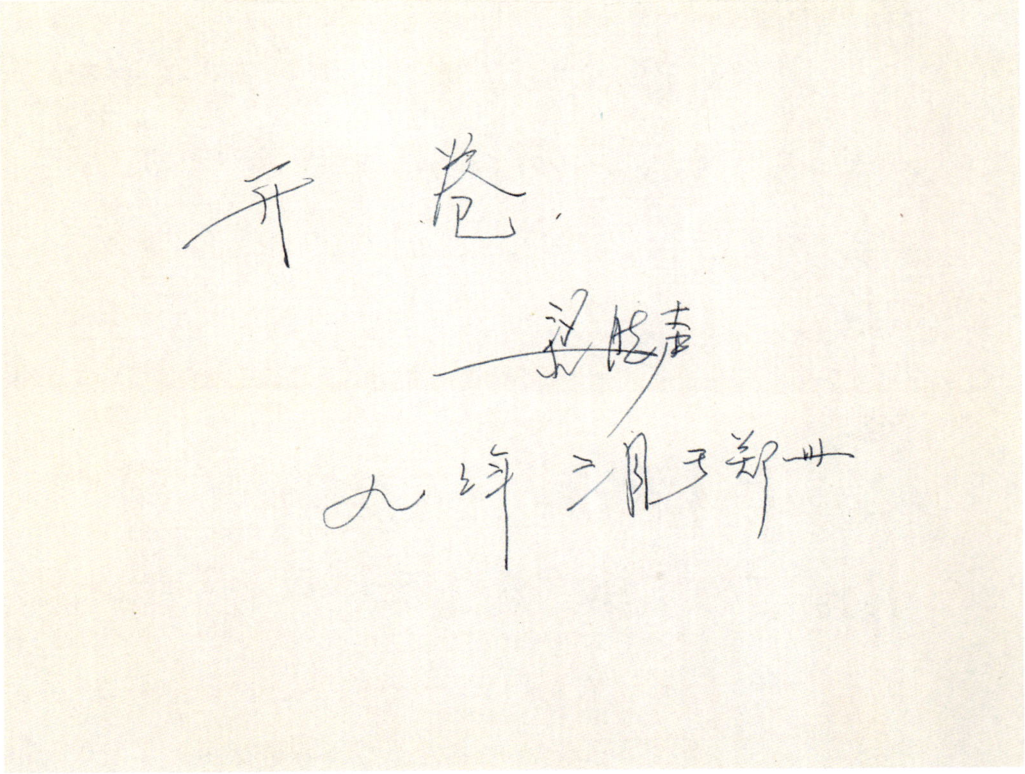
开卷
九一年二月于郑州

我们生活的质量决定着我们对商品质量的一切要求。而尤其重要的是——反过来也如此。

梁晓声

九六年二月于郑州

钟鸣

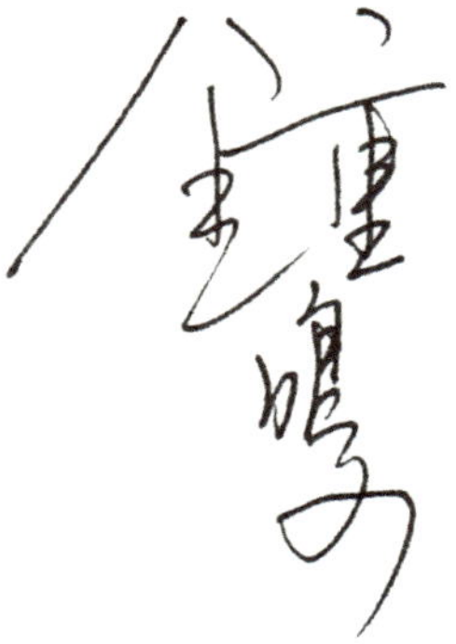

1953年出生于四川成都，中国当代诗人、随笔作家。著有《城堡的寓言》《徒步者随录》《旁观者》等。1992年荣获台湾地区《联合报》第十四届新诗奖，是西南地区第一家私立博物馆“鹿野苑石刻艺术博物馆” 馆长。

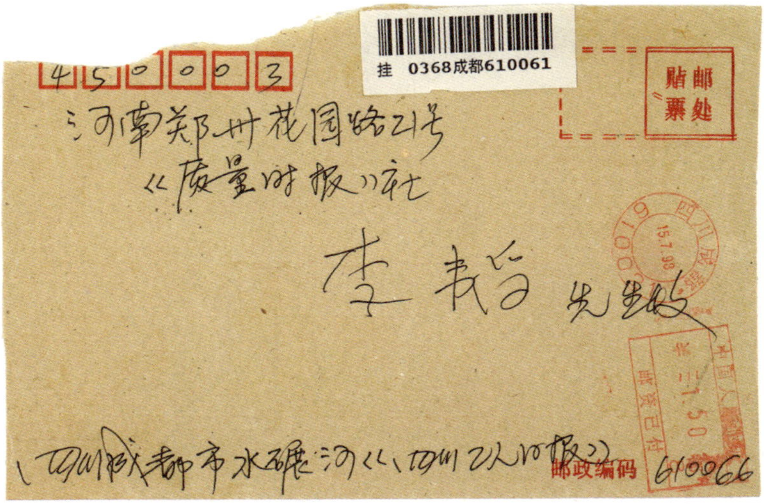

李韬君：

前后两函均已收到，你能如此看重我的作品及后面的东西，让我深感不安，因我毕竟十分普通，学问颇浅，一向还好为人师，因在诗界我狂狷了不少时辰，未遇平等谈话者，故沮丧。本想事事以朋友相处，只因世无英雄，便矮个成了大个，而我本是自知者，所以隔绝社交，独处著书立说。你所见的书仅仅试笔而已。近年主要在写《旁观者》，不日即可问世，费时五年，不过如此，到时见到，会明白我的用心。未能及时回信，非有意拖延，实在是因装修房屋之故，近日才静下来，赶完《旁》。出版者催促甚紧。先写上一点，再叙如何？

祝好！

钟鸣

一九九八年七月十五日于成都

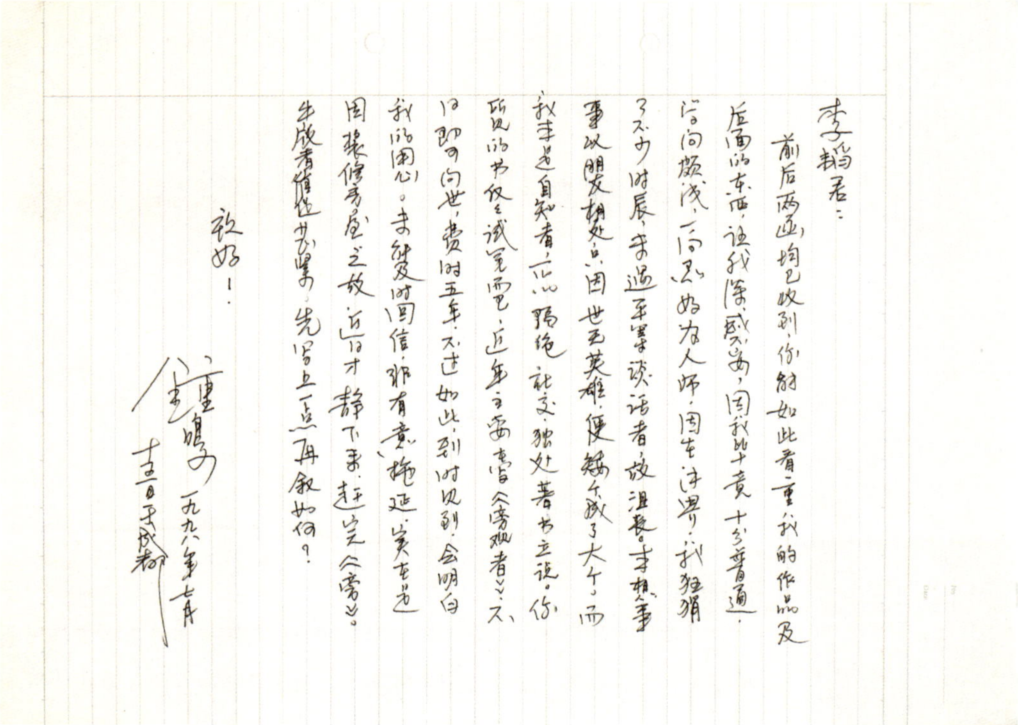
李韬君：

前后两函均已收到，你能如此看重我的作品及后面的东西，让我惭愧不安，因我此中意十分普通，皆同频浅，一向不够为人师，因生活累，我独猬了不少时辰，未遇平等谈话者，故沮丧。未想事以朋友相处亦因世无英雄，便轻易成了大个。而我本是自知者，亦谢绝社交，独处著书立说。你所见的书仅是试写而已，近年主要专写《旁观者》，不日即可问世，费时五年，不过如此，到时见到，会明白我的用心。未能及时回信，非有意拖延，实在是因装修房屋之故，近日才静下来，赶完《旁》。出版者催促甚紧，先写上一点，再叙如何？

致

好！

金重鸣 一九九八年七月

十五日于成都

康笑宇

1956年出生于天津，著名油画家、漫画家。创作的读书漫画别具特色，颇受瞩目，已出版《一笑了之》《不亦乐乎》《笑比哭好》等。

李韬先生：

来函及报纸样收悉。谢谢。承蒙贵报抬举，寄上第三本拙作《笑比哭好》及近作六幅读书漫画，供茶余饭后消遣把玩。若亦能刊用当更好。

布一。祝

编安

康笑宇 顿首

一九九九年三月二十三日

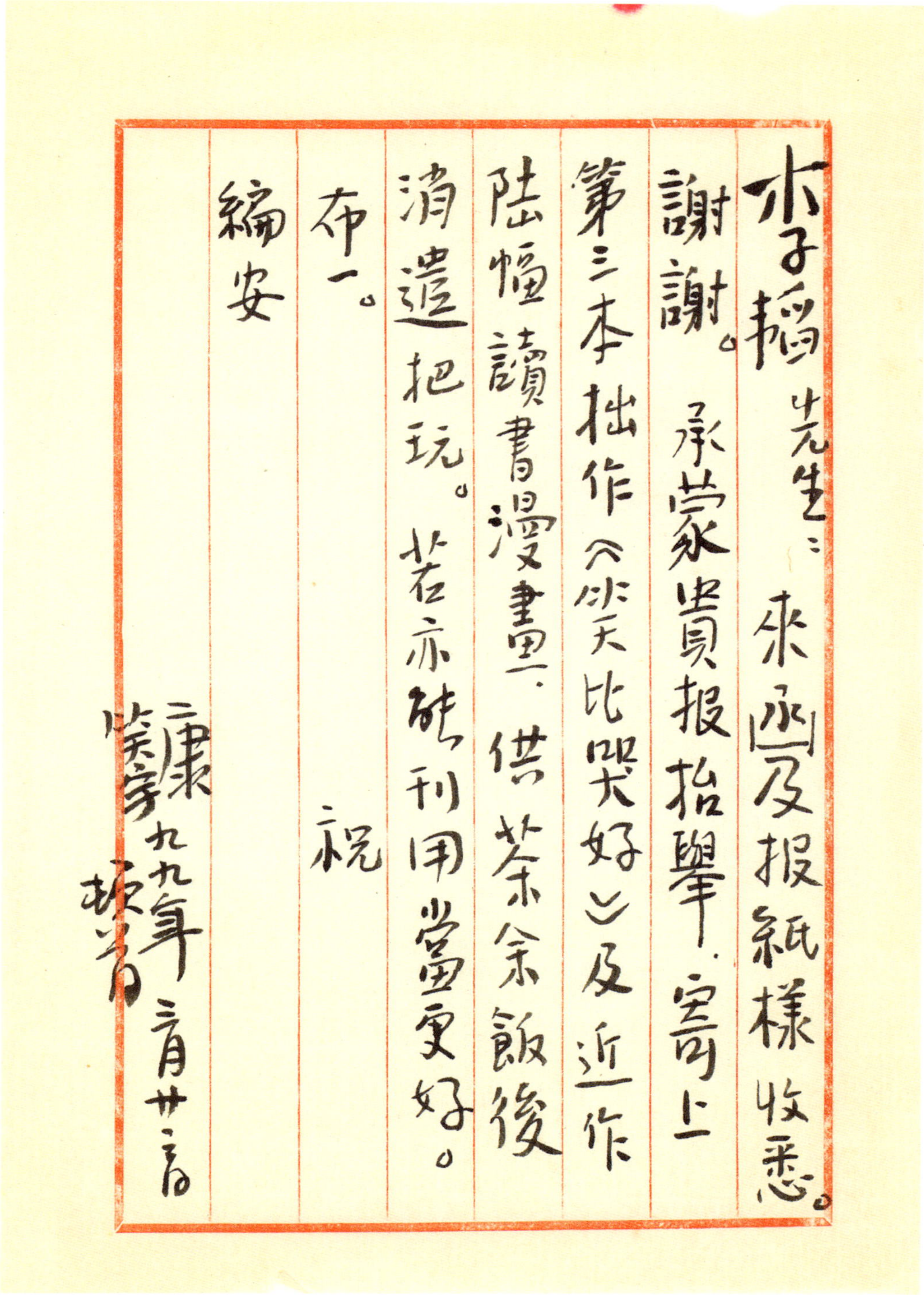

李輝先生：來函及報紙樣收悉。
謝謝。承蒙貴報抬舉，寄上
第三本拙作《笑比哭好》及近作
陸幅讀書漫畫，供茶余飯後
消遣把玩。若亦能利用當更好。
布一。祝
編安

二康九九年二月廿二日
笑宇　頓首

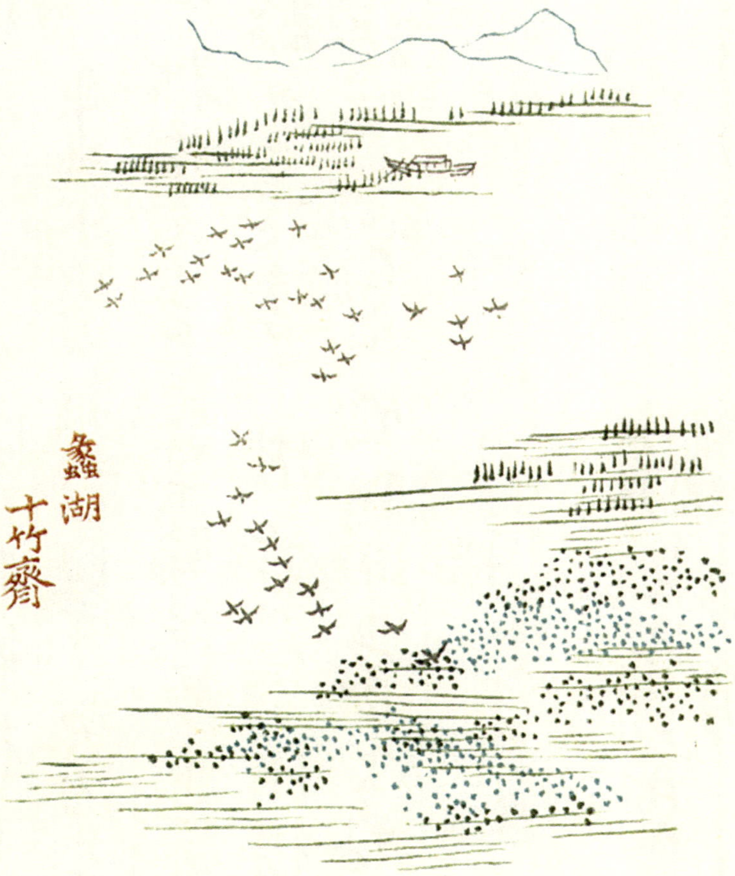
蠡湖
十竹齋

后记

笺短意长 敝帚自珍

整理旧箧，翻出厚厚一摞藏札，这于他人或为张张废纸，于我则为片片佳珍。不独因其“皆有来头”，给我以阵阵心热、时时感奋，更缘于此乃师辈长者为人为文高格、对我辈备至关爱之明证。

我自命“少年”，“心事”颇高，常不识天高地厚作“拿云”状：频频相约于当代“坛内高手”“业余名流”。王世襄、张中行、吴祖光、王元化、贾植芳、金性尧、丁聪、方成、林斤澜、黄永玉、黄裳、周汝昌、钟叔河、袁鹰、流沙河、董桥、舒乙、韩少功、肖复兴、刘心武、卞毓方、陈子善、李辉、陈思和、王晓明、江曾培、南帆、谢泳、莫小米、池莉、傅光明、王彬彬等硕儒俊彦，不仅亲书大札勉励于我，还“不吝赐珠玉”，为副刊增辉良多,这怎不让晚生激动不已呢？尤使我倍加感奋的是陈子善等君还寄来“珍贵的签名本”，至嘱“雅正”。愚为小报小编为人作嫁，是何造化竟也博得儒雅方家垂注？思忖再三，是赖高朋胜友不以我等位卑名低而交的平易胸襟和“以文会友”的惺惺相惜，“无年龄高下之别”（陈子善语）的大家风范使然。幸之甚甚，阿弥陀佛。

遍阅藏札，常闻挚言出之肺腑、获之我心，与书者虽多未谋面，却有神交已久感。余杰年少力富，以微言道大义，“在这样一个华而不实的时代，能觅得两三知音，不亦乐乎！”言之切肤，深有同感。伍立杨君感世事无常、叹人生嬗递，但来札对晚生则寄予无限祝祈：“兄正当黄金时代，文笔深刻，冲打拼搏的日子尽长，沉潜精进，必存大成。”文如其人，不是虚言。陈四益君来札曰：“先生索稿甚急，现在恐怕危城已解困，我这迟到的援兵只算凑个热闹吧。”足见陈先生不知骄矜为何物，谦逊而几近谦恭的文人情怀。与葛剑雄去信是缘于读了先生与杨东平合著宏制《未来生存空间》后，激赏于先生的生花妙笔，遂贸然去信索稿。未曾想，函出不日，便得先生赐复：“……撰稿诸君中，无论前辈同侪，旧雨新知，皆有谠言宏论，隽永文字，蒙垂意拙著拙文，不胜感激。本当立即应命，惟因下月初将去剑桥大学，行前杂事杂脞，兼以积欠甚多，分身乏术，尚祈谅察，预定11月初归国，到时容再联系。”

在以札相交的诸君中，舒乙先生算是最为率真的了。他在回札中写道：“《新九歌》是冰心的散文集《我的家在哪里》的序。此书最近得了鲁迅文学奖的散文奖的荣誉奖的第一名。评委们说序写得甚好，听了实感欣慰。此序未发过，得你约稿信后，想可以给你，自信颇有‘质量’。”先生的率真乃至可爱，岂我辈能师承得了？卫建民先生既为我之师者，又为我之父辈，与其交是因读其在《寻找丹枫阁》的序中写的“静观世事羡无争，远迈王充著论衡。堪叹会人难闭口，毛锥剩墨夜雕龙”的小诗，晚生浅薄，对后两句诗不解其意，就奉函附拙作《走进历史深处——访青年作家李辉》祈教。先生来札，阐诠周详，并于信末予以厚望：“编副刊，余暇用来读书写作，是素心人最好的生存方式。中原古多贤哲，文教昌明，读书人要以自己的行动证明脚下的土地不仅仅是‘农业大省’。李生勉乎哉？”卫先生大教如醍醐灌顶，我等当然受益颇富，岂独“勉乎哉”？看过拙作后，卫先生又复一札：“前信发出后，又读你写李辉的文章。作为介绍性的文字，又有个人的读书感悟，大体不错，惟‘炙手可热’一词（文中第一段‘在当今的文学界，李辉是个炙手可热的人物’）用错了，这个成语是贬义，指权势气焰高涨，没有其他义项。”每时读札，顿生心热，促我“毛锥剩墨夜雕龙”之际又力避率尔操觚。

人各有嗜。季羡林藏书汗牛，独拥书城，悠然游弋书海；董桥收藏书票，尽管只是“玩玩而已，‘而已而已’”，但“玩物亦可养志”（周国平语）；贾平凹藏石千万，写出奇文百篇，且有言曰“姓贾的都与石有缘”。我等藏札非为“藏以增值”，实因师者谆谆教我，前辈耳提面命，纸薄情厚，促我敦我。

本为“敝帚”不足道，笺短意长以自珍。“而已而已”。